秘密を抱えた敏腕社長は、亡き極道の子を守る彼女をまるごと愛し尽くす

m a r m a l a d e b u n k o

春密まつり

marmalade bunko
マーマレード文庫

目次

秘密を抱えた敏腕社長は、亡き極道の子を守る彼女をまるごと愛し尽くす

秘密を抱えた敏腕社長は、
亡き極道の子を守る彼女をまるごと愛し尽くす

プロローグ

深夜一時、凍える手をさすりながら彼を捜していた。

彼が夕方に家を出ていってから降りはじめた雪は地面に積もり、真っ白な景色の中、歩みを進める。慌てていたのでコートを羽織る余裕もなく、スマホだけを握りしめている。耐えきれないほどの寒さと、雪の影響で歩きにくいことがもどかしい。

深夜だからか住宅街に人の気配はなく、私は一人、駅へ向かって歩いていた。彼が今どこにいるかはわからない。でも嫌な予感がして、足を止めることはしなかった。

視界が霞むなか、雪の上に、人が倒れているのが見えた。その瞬間、どくんと心臓が揺さぶられる。あれほど冷たかった身体が内側から燃えるように熱くなり、まだ誰かもわからないのに、私の足は勝手に駆けだしていた。

倒れているのは、捜していた彼だった。無残な姿に息を呑《の》む。苦しげに目を瞑《つむ》っているところから、まだ息があるのはわかった。

「……高虎《たかとら》さん！」

震える唇を懸命に動かし声をかけると、高虎さんの眉間に皺《しわ》が寄る。そっと額に手を伸ばし、彼の表情がよく見えるように乱れた前髪を掻《か》き上げた。左側の生え際には、以前からある痛々しく赤く腫れた傷痕が見える。でも今は顔中に傷があるので、それさえ地味に思える。全身、傷だらけで服は破け、腹から流れ出た血が雪を赤く染めている。

「う……」

高虎さんは呻《うめ》きながらなんとか瞼《まぶた》を開いたが、虚《うつ》ろな目をしている。そこに活気のある彼のいつもの表情はなく、胸が苦しくなる。

「どうしてこんな……」

「……もうだめみたいだ」

「今、病院に連れていくから！」

「……最期に、妃奈子《ひなこ》の顔が見れてよかった」

高虎さんの手が、私の頬を撫《な》でる。それは驚くほど冷たく、私はすぐにその手を握った。

「何言ってるの、高虎さん！」

彼は目を細めたあと、瞼を下ろした。先ほどまで荒かった呼吸の音が聞こえない。

「やだ……。嘘《うそ》でしょ、ねえ、高虎さん……」

身体を起こそうとしてもビクともしない。身長が高くガタイもいい、しかも意識を失っている男性を、私が抱き起こせるわけがない。ハッとして、手に持ったままのスマホに目を向ける。今すぐ救急車を呼ばなければ。

でも手が震えて、うまく操作ができずにスマホを落としてしまった。

「はやく、はやくしないと……」

全身が震え、混乱状態で頭が働かない。とにかく高虎さんを助けたいのに、もどかしさに唇を噛《か》んだ。

その時、ぎゅ、と雪を踏む足音が背後から聞こえて振り返った。

「あなたは……？」

見上げる男の顔は見えない。けれど立っているだけなのに、ただならぬ存在感がある。着ているロングコートも含め、全身真っ黒だ。

「高虎を迎えにきた」

救世主だ、と深く考えずにそう思った。名前を知っているということは、同じ組の人なのだと、思い込んでいた。

「あの、救急車を呼んでください！　彼、意識が……！」

男はやけに冷静に、首を横に振る。

「もう息がない。瀕死《ひんし》状態でこんなところまで、よく来たものだ」

かがんだ男は彼を軽々と持ち上げ、自身の肩に担ぐ。だらんとぶらさがる高虎さんの顔色は青白く、ぞっとした。

「でも、すぐに病院に連れていけば、まだなんとかなるかもしれません！」

「必要ない。こちらで処理をする」

「処理、って……」

人に使う言葉ではなくて、このあと高虎さんがどうなるか、想像がついてしまった。

男は背を向け歩きだした。私は慌てて、ふらついた足で男を追いかける。

「待って、お願いします！　どうか病院に！」

私は高虎さんを抱える男の腕を掴《つか》んだ。けれど、強い力で振り払われる。

「お前はもう関わるな。命があるだけ、ありがたいと思え」

「待って……！」

凍えた身体はいうことを聞かない。そのうちに足が動かなくなり、がくりと膝《ひざ》をついた。寒さのせいで意識が朦朧《もうろう》として、雪の上に倒れこんだ。なんとか見上げると遠ざかる背中がぼんやりと見える。でも身体がもう動かない。

「高虎……さん……」

名前を呼び手を伸ばしても、彼らが振り返ることはなかった。
ギリギリまで繋《つな》ぎ止めようとしたけれど、私の意識はそこでぷつりと途切れた。
私は高虎さんを失ったその日から、自分が半分なくなったような感覚でいる。
もう二度と会えない、生まれて初めてできた愛おしい人だった。

第一章　面影

「虎鉄《こてつ》！　寒いから、これ着よう！」

私は準備していた青いチェックのアウターを虎鉄に無理やり着せる。

「さむくない！」

「寒いの！　ほらこれ着て！　もう行くよ」

虎鉄は納得いかないのか、アウターを脱ぎたそうにしながらも、お気に入りのトラのポーチを肩からかけた。

「これでオッケー。行くよ」

「かあか、チーンはー？」

「あ、そうだったね！」

仏壇の前に座り、チーンと鳴らすのは虎鉄の役目だ。

「はい。チーンして、おててを合わせて『いってきます』」

「いてきます！」

大きくて元気な声は、私を励ましてくれる。

玄関先の鏡で身だしなみをチェックするのも日課だ。

三十歳になり、さすがに毎日手入れをしなくてはメイクのりも悪くなってくる。虎鉄を見つつ適当にメイクをしたので、はみ出していたリップをティッシュで拭《ぬぐ》った。黒く長い髪は切る時間もなく伸ばしっぱなしなので、適当にひとつに纏《まと》めている。それも朝一番で結っていたため乱れていた。もう一度しっかり結んでから、一生懸命に靴を履いている虎鉄に微笑みかける。

「よし、行こう！」

私は小さな手を取って、慌ただしく家を出た。

自転車の前方チャイルドシートに小さな身体を乗せ、ペダルを漕《こ》ぐ。

十一月も月末が近づくにつれ寒さが厳しく、冷たい風で顔が痛くなってくる。

あれから四年。また、冬が来てしまった。冬になるといつもあの日のことを思い出して、胸を締め付けられる。

自転車を走らせ十分ほどで保育園に到着し、虎鉄を預ける。虎鉄は幸い保育園が大好きで、嫌がることなく園内に駆け込んでいった。

「ではお願いします。夕方迎えにくるからね～！」

虎鉄に手を振り、自転車で急いで駅へ向かう。

駅前の駐輪場に自転車を置き、電車に乗り込んだ。満員電車はストレスばかりだけれど、十五分間我慢すればいい。最寄り駅に着くと徒歩五分で会社に到着した。

二十代の頃から勤めている大手総合電機メーカーの下請け会社で、小さな規模ではあるが、業績は安定している。元請けが大手なだけあって福利厚生はしっかりしているし、産休や時短勤務も積極的に取り入れてくれているのがありがたい。

私は一般事務だけれど、小さい会社なので全体の雑務を背負っており忙しく、一日があっという間だ。時短勤務で申し訳ないと思いながらも、先輩も後輩もいい人ばかりなのでうまくやれている。

こんな毎日だ。

三時になると、キリのいいところで仕事を終え、また慌ただしく会社を出た。

駅に着くとまっすぐ保育園へ虎鉄を迎えにいく。

「百瀬《ももせ》さん、虎鉄くんが今日、泥遊びに夢中になっちゃって、靴やお洋服が汚れてしまいました。すみません」

挨拶のあとすぐに、虎鉄がお世話になっているさくら組の先生が報告してくれた。

「いえ、いつものことなので大丈夫ですよ」

虎鉄は、元気いっぱいの三歳の男の子だ。あの人に似ているのかやんちゃな性格で、一緒に遊ぶのも大変なくらい。水たまりや砂遊びが大好きで、服や靴を汚すのは日常茶飯事だ。

「かあか！」

私の姿を見つけた虎鉄が走ってくる。

「あのね、レッドがね！　ぼくでね！」

興奮した様子の虎鉄を抱き上げる。私が切っている少し不揃《ふぞろ》いの前髪が、汗で額にぺたりとくっついている。ぷくりとした頬が可愛らしく、つい撫でたくなる。虎鉄の真っ黒い髪はさらさらストレートで、私の緩い癖っ毛とは違っていて羨《うらや》ましい。

「うんうん、楽しかったんだね。帰ろっか。では、失礼します」

朝と同様、自転車の前方チャイルドシートに虎鉄を乗せる。すると、泥だらけの靴が目に入る。

「ほんとだ。靴が泥だらけ」

これ以上服を汚さないようにと靴を脱がせたら、内側がボロボロになっていることに気づいた。親指が当たる部分がこすれ、穴が空いてしまいそうになっている。先日新調したばかりだというのに、もうこんなに大きくなったのかと成長に驚くばかりだ。

これは、またはやく靴を買わなければ足にも悪い。

帰りに食材を買うついでにショッピングセンターで靴を見てみることにした。

ショッピングセンターへ向かうため、いつもと違う道を自転車で走っていく。この町はほどよく田舎で、人も多くなくて過ごしやすい。けれど大型ショッピングセンターができたことにより、商店街では閉店している店が多くなっていた。寂しい通りに入ったところで、虎鉄が何かを指さした。

「かあか！」

「ん？　どうしたの？」

反射的に自転車を停め、虎鉄の顔を覗《のぞ》き込む。

「ガオガウレンジャー！」

虎鉄が指さした先には、ヒーローもののカプセルトイがあった。黄ばんだ白い台で、回転式レバーを回すとカプセル入りの玩具《がんぐ》が出てくるタイプのものだ。設置している店をよくよく見ると、老舗のおもちゃ屋らしい。こんなところにおもちゃ屋があるなんて、今まで気がつかなかった。

「虎鉄の好きなヒーローだねえ」

今、虎鉄は日曜日の朝に放映している『猛獣戦隊ガオガウレンジャー』に夢中だ。いわゆる戦隊ヒーローもので、ライオンやトラなどの大型肉食動物がモチーフになっている。

「うんうん！　かあか、あれ、あれ！」

「うーん……」

キラキラした目で見ているので、つい自転車から降ろしてしまった。

虎鉄は私と手を繋いだまましゃがみこんで、カプセルトイを見ている。こうなってしまうと時間がかかる。今の私は、安いおもちゃひとつ買うのも悩むくらいの金銭感覚で、虎鉄には特別な日以外はおもちゃを買ってあげられない状況だ。これから買う靴だって、出費が痛いと思うほど、余裕がない。

今はなんとか生活ができているけれど、虎鉄が成長するにつれ、お金が必要になってくる。勤務先の制度では子どもが小学校に入学するまで時短勤務を続けていいので活用しているけれど、虎鉄が小学校に入ったらフルタイムで働きたい。それでもきっと全然足りないのだろう。食費も増えていくだろうけれど、お腹をいっぱいにしてあげたい。そう考えると、貯金があるに越したことはないし、今のままではだめだろう。

ふと、おもちゃ屋の隣の古びた店に目がいった。

壁が白い洋風の店で年季が入っており、ところどころペンキが剥《は》がれている。濃いピンク色で【ジュンコ】と店名のようなものが書かれている。道に面している壁には小さな窓があるが、曇っていて中は見えない。小さな喫茶店というより、昔ながらのスナックといった感じだ。

ここで立ち止まらなければ、素通りしていたような店だった。

木製の扉には【バイト募集中】と紙が貼ってある。スナックだからか、勤務時間は夜間だ。今の会社は副業もできるので、その手もある。

私も夜にバイトをしたほうがいいかなあ。

ぼんやりとチラシを眺めていた時、スナックのドアが勢いよく開いた。上部についているドアベルがカランカランと激しく音を立てている。

「あ……」

中から出てきた男性と目が合い、心臓が大きく飛び跳ねた。

「……高虎、さん……？」

反射的にその名前を呟《つぶや》いていた。

驚く私をよそに、彼は冷静な表情で私を見つめている。瞬時に人違いだと気づいた。

——鬼頭《きとう》高虎は、私の恋人だった。

五年前、私は母親と二人暮らしをしていた。そして借金の返済に追われていたところを、高虎さんに助けられた。彼は極道の人間だったけれど、私たちに優しく、情に厚い人だった。

信念を持った男らしい高虎さんに惹《ひ》かれ、積極的にアプローチをした結果、彼も私のことを好きだと言ってくれた。私の母と三人で一緒に住むようになり、私たちを支えてくれた。

けれど、高虎さんは極道の人。

ある日、抗争に巻き込まれて帰らぬ人となった。

あの雪の日、見知らぬ男性に連れていかれたあとも彼が死んだのだとは信じ切れなかった。せめてどうやって弔《とむら》われたのかを聞きたかったけれど、生前の高虎さんは、私に危険が及んではいけないからと、自分が所属する組の場所などは絶対に教えてはくれなかったから、それは叶わなかった。

その直後、彼との子を授かっていることが判明した。彼との愛の証を残せたことがうれしくて、絶対にこの子を幸せにしようと決めた。

私は高虎さんとの子である虎鉄を産み、一人で育てている。

でもどうして、雰囲気がまったく違うのに高虎さんと見間違えてしまったのだろう。

よく見なくても、ガタイがよく野性的で男らしい、金髪オールバックの高虎さんとは、全然違うことがわかる。

目の前の男性はスリーピースのスーツ姿で品があり、知的な雰囲気。すらっとしていて身長が高く、ずっと見上げていると首が痛くなりそうだ。黒髪が顔立ちの凛々《りり》しさを際立たせている。前髪を左側に流していて、顔がよく見える。

クールな瞳と目が合った。

何より、私のことを見ても驚かず平然としていることが、別人だという証拠だ。

「人違いです。それより、申し訳ないが、中に具合の悪い人がいます。様子を見てくれませんか。人を呼んできます」

彼はそれだけ言うと、立ち去ってしまった。

私は唖然《あぜん》としながらも、その切迫した表情に心動かされ、言われたとおりに虎鉄を抱っこして恐る恐る店内を覗き込んだ。

中は想像どおりのスナックだ。カウンター席と少しのテーブル席がある。そこのソファに派手なパーマの女性が寝転んでいた。服装が私には馴染《なじ》みのない真っ赤なスーツなので、スナック関係者なのだろう。

「うう……」

呻き声が聞こえ、苦しんでいるのだとわかった。店内に入ると私はゆっくり彼女に近づいた。

「あの、大丈夫ですか⁉」

声をかけると、胃のあたりを押さえている女性が顔を上げた。私の母が生きていたら、同じくらいの年齢だろう。

「誰……？」

彼女は額に脂汗を浮かべている。先ほどのスーツの男性は、医者を呼びにいったのだろうか。それよりも救急車を呼んだほうがよさそうなのに。

「今、中で様子を見ててくれって頼まれて……。救急車呼びますね！」

私は慌てながらもスマホを取り出す。

「やめて！」

悲鳴のような声に手を止めた。

「救急車は呼ばなくていいわ……今、あの子が医者を連れてきてくれるから」

「わ、わかりました」

あの男性は人を呼ぶと言っていたけれど、やはり医者を呼ぶために外に出ていったのか。医者が来てくれるのはいいけれど、苦しそうな女性を目の前に、何もできないことが心苦しい。

「虎鉄ごめんね、ちょっと待っててね」

虎鉄をソファに座らせ、私はカウンター内にあったおしぼりを水で濡《ぬ》らす。

「汗を拭きますね」

水を飲ませていいかの判断はできないので、汗を拭き、手を握った。暖房がきいているとはいえ冬なのに、すごい熱さだ。

「だいじょぶー？」

虎鉄も私の行動を見て、女性の頭を撫でる。すると、女性は苦しみながらも表情を和らげた。

「ありがとう……」

苦しむ女性を見て、母のことが頭に浮かぶ。

母もよく苦しそうな表情をしていた。楽にしてあげたいのに、医者を呼ぶことしかできない自分が悔しかった。今もまさに、そんな状態だ。せめて安心できるようにと、私は女性の手を強く握り励ます。

「もうすぐ来ますから、大丈夫ですからね」

ドアが開く音がして、顔を上げた。

「遅くなってすみません。先生を連れてきました」

先ほどの男性が、一人の男性を連れて戻ってきた。スーツの男性より年上の、白髪交じりで細身の、銀縁メガネをかけた男性だ。前髪が長く目元にかかり、はっきりと顔がわからない。白衣を着ているので近所の医者だろうか。手に持っているのは恐らく診療カバンだ。女性の横に座るとすぐにそれを開けた。

「順子《じゅんこ》さん、どんな感じで痛い？」

「胃が、きゅうってしてて……」

診療がはじまり、私は虎鉄の手を取って女性たちから離れた。するとスーツの男性が私の隣に立つ。肩幅が広く逞《たくま》しいのに、シュッとしていて威圧感はない。

「助かりました。ありがとうございます」

「……いえ。何もできませんでしたが……」

「僕も、ありがとうな」

男性がしゃがみ、虎鉄の頭をくしゃりと撫でる。

「うん！」

虎鉄が元気よく返事をすると、彼はわずかに口角を上げた。

「では私たちはこれで……」

女性の体調が気になるが、部外者がずっと居座るわけにもいかないだろう。私たちはスナックを出て、自転車に乗った。この騒動のおかげで、虎鉄はカプセルトイの存在を忘れてくれたようだった。

ただ、予定どおりショッピングセンターへ向かおうとするも、先ほどのことが頭から離れない。

「さっきのおばちゃん、だいじょぶかなー？」

あんな場面に遭遇したのは虎鉄も初めてのことだ。驚いただろうに、怯《おび》えずに心配しているなんて根性が据わっている。それとも、虎鉄も私の母のことをあの女性に重ねて見ているのか。

「そうだよねえ……」

医者が来たなら安心だろうけれど、あの姿を見て心配にならないはずがない。あれからどうなるのだろう。普通だったら入院になりそうだけれど、病院に行くのを嫌がっているようだった。私にはわからない事情があるのかもしれないが、何かできることはないかともどかしい。

ふと思いつき、ショッピングセンターへ向かう途中にある洋品店に立ち寄り、女性用の服や下着、タオルを購入して、スナックに戻った。

ドアをノックすると、あのスーツの男性が顔を出した。

「先ほどの……。どうかされましたか」

「あの、タオルと女性用の服を買ってきたので、使ってください。不要でしたら他のことにでも使ってもらえれば」

もし数日の間安静にするなら、着替えが必要だ。医者がいれば何が必要かわかるだろうけれど、女性がいなければ買い物も苦労すると思った。

私がビニール袋に入った服を差し出すと、彼は驚いた顔をしながらも、受け取ってくれた。

「……助かります。ありがとうございます」

「では、今度こそ失礼します！」

私は余計なことをしたかもしれないという恥ずかしさから、逃げるようにその場を立ち去ろうとした。

「待ってください」

けれど、彼の声に引き留められる。

「私は、壬生要《みぶかなめ》といいます」

彼は内側の胸ポケットから革のケースを取り出した。名刺を出され、受け取る。そこには、【壬生建設株式会社　代表取締役社長　壬生要】と載っている。社長さんだ。たしかにただ者ではない雰囲気がある。

「わざわざどうも……。私は、百瀬です」

「今日のお礼がしたいので、明日もまたこちらに来ていただけないでしょうか」

「そんな、お礼なんて……結構ですから」

私が勝手にやったことだ。何かせずにはいられなかった、エゴでしかない。しかし、彼は引き下がらない。

「いえ。彼女のためにも、お願いします」

女性のことを言われたら、断りづらい。

「……わかりました。では明日、四時過ぎにこちらへ伺わせていただきます」

「ありがとうございます。ではまた明日」

私は彼に頭を下げて、店を出た。

チャイルドシートに虎鉄を座らせて、鍵を外して自転車を走らせる。

「かあかーおなかへったー」

「そうだね。はやく帰ろうね」

私はいつもよりも速くペダルを漕ぐ。ショッピングセンターに寄り、虎鉄の靴と夕飯の食材を買った。

今日は出費が多い。けれど無駄なものはひとつもない。

家に帰ると考え事をしている暇などない。夕飯の支度をして、遊び足りない虎鉄と遊び、お風呂に入って寝かしつける。

虎鉄が眠ったあとに片付けをして、明日の仕事の準備をしてから私も布団に入る。寝息を立てて眠っている虎鉄の頭を撫でる。疲れているので眠気はすぐにおとずれた。

眠りにつく直前に、今日の出来事が頭の中に浮かんだ。

あの男の人を見た瞬間、どうして高虎さんのことを思い出したのか。何か秘密めいたような、ミステリアスな男性だった。そしてあの三人はいったいどういう関係なのかも気になる。全員、どこか普通とは違うような雰囲気を纏っていた。

今日一日あったことを考えていたら、いつの間にか眠っていた。


翌日の保育園の帰りに、約束どおり例のスナックに寄った。

虎鉄が隣のおもちゃ屋に目を向ける前に、スナックのドアを開ける。

「百瀬さん、来ていただきありがとうございます」

今日は壬生さんが一人のようだった。昨日とは違うグレーのスーツを着ている。それもまた高級感がある。

「昨日の女性はどうなりましたか？」

「連れてきた医者のところで入院することになりました。急性胃炎だそうです」

「そうですか……」

経験はないけれど、相当な痛みだっただろう。

「よければ中でお茶でも。昨日の女性……スナックのママはあいにく不在ですが、私が任されているので」

なんとなく察しがついていたけれど、あの女性がスナックのママだった。

「やっぱりママさんだったんですね。壬生さんはどうしてあの場にいたんですか？」

「私の親父繋がりで、ママには以前から世話になっているので、たまに顔を出すんです。ちょうど私がいてよかった。さあ、どうぞ」

店に入ってしまうと、虎鉄がいるとはいえ壬生さんと二人きりになる。

まだ彼のことを信用しているわけではない。名刺はもらったけれど、どこか危険な香りがする人だ。悪い人には見えないけれど、虎鉄に何かあっては困る。

「いえ、本当に気にしないでください。ママさんがどうなったのか気になっただけですので。ほら虎鉄、帰ろう」

虎鉄は私の手を離し、壬生さんのほうへとことこと歩く。

「ねえねえ、あそぼ！」

そして壬生さんの手を掴み、振り回しはじめた。

「こら、虎鉄。帰るよ」

「やあだ！」

私が大人の男性と話しているのがめずらしいのか、なかなか離れてくれない。虎鉄は人見知りをしないので壬生さんにべったりだ。

「虎鉄くんというんですね。……じゃあ、公園に行きましょうか」

「え？」

「公園で虎鉄くんと遊ぶことが、お礼ということでお願いします」

外なら人の目もあるし、虎鉄も喜ぶ。悪い提案ではなかった。

「……ありがとうございます」

スナックを出て、三人で公園へ足を運んだ。

ショッピングセンターの前には大きな公園があり、そこは子どもたちが集まるのにちょうどいい場所だ。今も、キャーキャー言いながら元気よく走り回っている。遊具はあまりないかわりに、広々としていて見通しもいい。いつもキッチンカーが数台来ているので、ママさんたちが何か飲みながらおしゃべりをしているのをよく見かける。

「どうぞ」

ベンチに座ると、壬生さんがキッチンカーでホットカフェオレを買ってきてくれた。かじかんだ手がじんわりと温まっていく。

「ありがとうございます」

「いこ！　いこ！」

虎鉄は今にも走りだしそうな勢いだ。壬生さんの手を掴み、ぐいぐいと引っ張っていく。私と壬生さんは目を合わせ、会釈をする。

ただ、知り合ったばかりの壬生さんに虎鉄を完全に任せるのは不安もあったので、カフェオレを持ったまま私も二人の近くに立って見守ることにした。

「ガオガウレンジャー、レッド！　さんじょー！」

虎鉄は完璧なポーズでばっちり決める。

「かっこいいじゃないか」

「へへ！　おじちゃんは、あくのそしきだよ！」

「こら虎鉄、おじちゃんじゃなくてお兄さんでしょ」

「いえいいんです。三十五歳なので私も立派なおじさんですよ」

私より五歳年上だと思ったと同時に、生きていれば高虎さんと同じ年齢だとわかりハッとした。どうしても、高虎さんと重ねてしまう。

彼は年齢のわりに、見た目が若々しい。といっても現代の三十五歳はまだまだ若い印象がある。スタイルがいいからだろうか。うちの会社にいる四十代の上司はビール腹に悩まされているので、彼が若く見えるだけなのかもしれないけれど。

「レッド、覚悟しろ」

壬生さんは虎鉄の相手を嫌がらずに対応してくれている。あんな高そうなスーツを着ている男性に遊んでもらうのは罪悪感があるが、傍から見ているとおかしな光景だ。言い慣れない言葉だろうから、セリフにもあまり抑揚がない。

「……ほんもののブラックみたい……！」

でも虎鉄は、目をキラキラと輝かせて壬生さんを見ている。

テレビを見ながら虎鉄に興奮気味に説明されたことがある。ブラックは、いつも落ち着いているクールな悪役だ。確か中の人は舞台俳優だが、壬生さんの雰囲気に似ている部分がある。

そういえば、声のトーンもよく似ている。虎鉄はさらに興奮し「かくごしろー！」とレッドのパンチを繰り出している。

「やー！　とりゃー！」

虎鉄は小さな腕を伸ばし、壬生さんの足をぺちぺちと叩《たた》いている。キックをしても足が届かず、ふらついたところに倒れないようにと、壬生さんがさりげなく攻撃するフリをして支えてくれている。スーツ姿でヒーローごっこの相手をしてくれているギャップがまた微笑ましい。

壬生さんはすぐに負けることはせず、死闘を繰り返している。

「つおいな、ブラック！」

虎鉄の額に汗が滲《にじ》みはじめた。子どもはすぐに汗をかくけれど、今は冬だ。少し心配になってくる。

「レッド、水分補給の時間よ！」

「りょかい！」

こういう時の虎鉄は、『レッド』と呼ぶと言うことを聞いてくれる。

汗をかいたままでは風邪をひいてしまう。ベンチに戻り、虎鉄の汗を拭いた。それから水を飲んでもらう。小さな手で水筒を掴み、ごくごくと勢いよく飲んでいく。冬は水分不足になりがちなので意識的に飲ませているが、今日はその心配がなさそうだ。

「壬生さんも、お茶をどうぞ」

壬生さんには、すぐそこの自販機で緑茶を買っておいた。

「すみません。私のお礼だったのに」

「いえ。虎鉄の相手も大変だと思いますので」

「元気ですね。虎鉄くん」

「やんちゃなので、私の体力だと大変です」

私ではここまで遊んであげられないので、壬生さんには感謝している。悪い人ではなさそうだ。

「みてみて！　これレッド！」

虎鉄はトラのポーチから、宝物のトレーディングカードを取り出し壬生さんに見せる。

「いいな。虎鉄くんは、レッドが大好きなんだね」

「うん！」

ボロボロのカードを大切に持ってくれている虎鉄。新しいカードを買ってあげられないのが情けなくなる。

「おじちゃん！　はやくつづき！」

「もう、虎鉄。このお兄さんは壬生要さんっていうんだよ。『みぶさん』って呼ぼうか」

「み、ぶかなめ？」

「そうそう。『みぶさん』だよ」

もう今後会うことはないかもしれないけれど、いつまでも『おじちゃん』呼びは私がいたたまれない。

「かなめー！　いくぞー！」

「ちょっと！　呼び捨てなんて……！」

突然の名前の呼び捨てに慌てて虎鉄を捕まえようとするが、すでに走りはじめていた。

「いいんですよ」

壬生さんは微笑み、腰を上げた。

「すみません。大人の男性と遊ぶのは初めてだから、はしゃいじゃってるのかも」

「旦那さんは……」

「亡くなっているんです」

私は抵抗なく、すんなり答えていた。すると壬生さんは神妙な面持ちになる。

「そうですか……。それは失礼しました」

「いいえ。虎鉄のあんな顔久しぶりに見たので、つい余計なことを話してしまいました」

まだ出会って二日目の人に話す内容ではなかった。

彼も、それ以上は聞いてこなかった。また虎鉄の相手をし、徹底してブラックを演じてくれた。

結局、一時間も相手をしてもらってしまった。

そろそろ帰らなければいけない時間だ。

「……やられた……」

「きょうも、へいわをまもったぞ！」

ちょうど勝負もついたみたいだ。

虎鉄は、満足げに私の元へ戻ってきた。

「かあか、かった！」

「おめでとうレッド。壬生さんも、本当にありがとうございました」

「こちらこそ。昨日は順子さんの……ママの傍にいていただきありがとうございました」

「かなめ、またあそぼーね！」

「虎鉄、今日だけだよ」

「え……？」

虎鉄が寂しそうな顔をして、胸がきゅっと締め付けられた。

「やだあああ」

涙は出ていないけれど、絶望的な顔をして喚《わめ》いている。めずらしい態度だった。虎鉄はやんちゃだし暴走もするけれど、あまり我儘《わがまま》を言わない。壬生さんと遊んだのがよほど楽しかったのか。

「もう……すみません、大丈夫ですので。今日はありがとうございました」

「いいですよ。また遊ぼうな」

壬生さんは虎鉄の頭を撫でてくれた。すると不満顔をしていた虎鉄が、花開いたように笑顔になる。

「うん！　ぼくはね、レッドだよ！」

「ああ。それなら私はブラックだね」

虎鉄がぴょんぴょんと飛び跳ね、喜んでいる。息子がうれしそうにしているのに、私の心は複雑だった。

「すみません……」

「いえ。また会えたら遊びましょう。私も運動不足解消になりましたし」

「……ありがとうございます」

壬生さんは社長だし、そんな暇があるとは思えないので社交辞令だとすぐにわかった。でも、彼のおかげで虎鉄は元気になった。それで充分だ。

壬生さんと別れたあとも、虎鉄はご機嫌だ。

「たのしかったー！」

虎鉄の晴れ晴れとした笑顔。こんなに楽しそうにしているのは、久しぶりに見た気がする。

大人の男性と遊んだことがないからなのだろうか。私もヒーローごっこの相手をすることはあるけれど、男同士だとまた違うのだろう。

やはり虎鉄には父親が必要なのかと、思い知らされる。

私はもう他の人を愛する自信はない。でも、虎鉄のことを思ったら、少しは前向きにならないといけないのかもしれない。

第二章　あいたい人

寒い。手がかじかむ。

視界も霞んできた。

視線の先に、倒れている人が見える。雪が邪魔をして、足がうまく動かない。そのうちに彼の身体は血で染まり、真っ赤になっていく。

嫌だ。行かないで。私を置いて、行かないで——。

「……っ！」

ハッと、目を覚ました。身体中、汗でびっしょりだ。朝のひんやりとした空気で汗が冷え、寒気がした。

「夢……」

隣ですやすやと眠る虎鉄の顔を見て、胸を撫で下ろした。

高虎さんの夢なんて、久しぶりに見た。冬になるといつも思い出す彼の最期。でも、夢に見ることは少なくなっていたのに。

時計を確認すると、朝の五時。暖房のタイマーがまだ起動していない時間だ。

起きるには余裕があるが、二度寝する気分にもなれない。ぐっすり眠っている虎鉄を起こさないように、そろりと布団から出た。

汗をかいたのでシャワーを浴びて、まずは仏壇の水とご飯を取り替える。

四年前に高虎さんが亡くなり、昨年には私の母も亡くなった。虎鉄のことをとても可愛がってくれた人だった。

私の父は酒癖が悪くギャンブルが好きだった。さらには女好きで、最終的には夜の街で出会った女性を家に連れてきて、母と私は追い出された。

そんな父に苦労した母は病弱だったため、私が働き、なんとかこの家で生活をしていた。その後、高虎さんに出会い、最初はいかつい風貌《ふうぼう》に怯えていた母も彼の人柄に心を開き、いつしか仲良しになっていた。彼の死後、お腹に高虎さんとの子どもがいることを話した時は、泣いて喜んでくれた。

母の遺影に手を合わせる。隣には、高虎さんの写真も飾っている。彼の顔を見ているのがつらくて仕舞いたくなるけれど、虎鉄の父親でもある彼の写真を隠すべきではない。でも幼い虎鉄はまだ、ピンとはきていないみたいだ。

「……よし」

だいぶはやいけれど、朝食の準備をはじめることにした。

窓のカーテンを開けてもまだ真っ暗なキッチンの電気をつける。母と暮らしていた1Kの小さな部屋だ。木造アパートで他の住人の物音はよく聞こえてくるし、虎鉄が夜泣きをしていた時はしょっちゅう謝りにいっていた。

お金に余裕もなくずっとここに住んでいるが、虎鉄が大きくなったら引っ越さないといけないだろう。母親と住んでいた時も狭く感じていたし、夏は暑く冬は寒いので、とても住みにくい。昔よりも収入は増えたことだし、虎鉄の成長を邪魔する環境は改善をしたい。

将来のことを考えると不安な気持ちになりかけるが、気を取り直してさっさと朝食を作っていく。

「かあか、おはよ……」

虎鉄が目をこすりながら、ぽてぽてと歩いてくる。まだ六時だけど、私が立てる物音で起きてしまったみたいだ。

「おはよう虎鉄。ごめんね、起きちゃった？」

まだ眠そうにしている。昨日はたくさん遊んだので、眠り足りないみたいだ。

「ん……おいしいにおい……」

「ちょっと待ってね。もうすぐできるから」

「あい！」

私がテレビをつけると、虎鉄は釘付《くぎづ》けになった。

「あんまり近くで見ちゃだめよー」

早朝は子ども向け番組がまだはじまっていないので、録画しているアニメを見せる。

眠そうにしていたのに、もうすっかり目はぱっちりで羨ましい。私も気合いを入れないと、最近は倦怠感《けんたいかん》が抜けない。まだ三十歳とはいえ、嫌でも歳を感じる。

「虎鉄、今日はお米とパンどっちがいい？」

「ぱん！」

「了解～」

ロールパンを袋から取り出してお皿に乗せ、それをテーブルに並べる。

「虎鉄できたよー。はやいけど食べる？」

「うん！」

虎鉄がテレビに背を向けテーブルまで来たので、子ども用の椅子に座らせた。私は隣に座り、一緒に手を合わせる。

「いただきます」

「いたーきます！」

ぱちん、と可愛い両手が重なる。

朝ごはんは、コーンポタージュにミートボール、柔らかく煮たブロッコリーにニンジン。まだお箸《はし》は使えないけれど、フォークやスプーンは使えるようになった。ぎこちないながらも、フォークで刺し、口へ運んでいく。

「おいち！」

最近、虎鉄はよく食べる。虎鉄が食べているところを眺めるのは幸せな時間だ。私は適当な余りものを食べながら、虎鉄から目をそらさない。口いっぱいに頬張る姿は何度見ても可愛くて、疲れが取れる。

でも、ここまで成長するには苦労でいっぱいだった。食べたものを吐き出したり、投げたりは日常茶飯事。三歳になってようやくその頻度が減り、だいぶ楽になった。

「かあか、きょうも、かなめとあそぶよ！」

突然、虎鉄は何を言いだしたのかと、少し考えた。そんなお友達いたっけ、と思考を巡らせていたところで、背の高い男性の姿が頭に浮かぶ。

「かなめって……壬生さんのこと……？」

「そう！　かなめ！」

やっぱり、ひと晩寝たくらいでは忘れてくれないらしい。

「どうかなあ。壬生さんはきっと忙しいよ」

そもそも、会えるかどうかもわからない。

「やあだ！　かなめとあそぶ！」

虎鉄はフォークをブンブンと振り回す。昨日壬生さんと遊んでから、虎鉄は少し我儘になった気がする。それほど彼と遊ぶのが楽しいのか。

「うーん……じゃあ保育園の帰りに、またあのお店行ってみよっか」

「うん！」

虎鉄の機嫌がよくなって、安心した。こういうことは言って聞かせてもまだ理解ができないので、行動したうえで納得してもらうしかない。壬生さんがいつもあの店にいるとは限らないし、いなければ諦めてくれるだろう。虎鉄は「はやくあそびたいなー！」と上機嫌でごはんを食べている。

うれしそうな虎鉄を見ているのは幸せなはずだけれど、あまり壬生さんには頼りたくはなかった。彼の迷惑になるだろうし、何より、男性と遊ぶ楽しさを知った虎鉄に「お父さんが欲しい」と言われてしまったら、私はどうすればいいかわからない。

そんなこともあって、今朝は高虎さんの夢を見たのかもしれない。

今日は仕事が立て込んで、迎えにくるのが遅くなってしまった。他の社員に謝り会社を出て、駅から急いで自転車を走らせた。

「すみません、遅くなりました！」

「百瀬さんお疲れさまです。虎鉄くん、お母さん来たよ～」

呼ぶと、一人で遊んでいた虎鉄が私のほうへ走ってくる。

「かあか！　かなめ！　かあか！」

「はいはい。行こうね」

朝から一番楽しみにしていたことはやっぱり、覚えているみたいだ。

「かなめくん、って新しいお友達ですか？」

「え？」

保育士の先生がにこにこと聞いてくる。

「虎鉄くん、かなめくんと遊んだ時のことを話してくれたので」

「そうだったんですね……」

私は心の中でため息を吐いた。本当に壬生さんに夢中らしい。この状況は、いいのか悪いのか、まだ判断がつかない。

「かあか！　はやく！」

「はいはい。じゃあ、ありがとうございました」

先生に頭を下げ、自転車に乗る。

帰りに約束どおり、スナックに寄った。今はおもちゃ屋のカプセルトイよりも壬生さんに会うことを楽しみにしている。

「かなめ、かなめ！」

しかし私がスナックのドアハンドルを掴み押すも、鍵がかかっているらしく開かない。

「あれ？　開かない……」

壬生さんが不在で、わずかにほっとする。

「お留守なのかも。今日は帰ろうか」

「……かなめとあそぶ……」

虎鉄はしょぼんとしてしまい、今にも泣きだしそうだ。

「いないのはしょうがないの。今日はおうち帰ろう？」

「やぁだ、かえりたくない！」

虎鉄はしょんぼりしつつも力強く首を横に振る。そして下唇をむっと出して、スナックの壁にぺたりと張りついている。

「うーん……」

　ここまで強情なのはめずらしい。無理やり連れて帰ることはできるけれど、不機嫌なままでは少し困る。なんせ、家の壁が薄い。騒ぎだしてしまわないように、少しは機嫌を直してから家に帰りたい。

「そうだ！　たまにはお外でごはん食べようか！」

　普段は節約をしているので外食はほとんどしない。でもたまにはいいかもしれない。私も気分転換になるし、虎鉄は喜ぶだろう。

「どう？　虎鉄、お子様ランチだよ！」

「……やだ……」

　先ほどよりも勢いは収まったけれど、虎鉄はまだ首を横に振る。あとひと押しといった感じだ。

「やだ？　おもちゃがもらえるお店だよ？　そっか。おもちゃいらないのか～」

「いるぅ！」

　おもちゃと聞いて、ぱあっと顔を明るくさせた。

「よし、行こう！」

　機嫌が少し回復したところで、気が変わる前に急いでファミレスへ向かった。

近所のファミリーレストランはいつも混雑している。夕方になると学生が多く、ざわついていた。でも子持ちとしては少々騒がしいくらいがちょうどいい。家族連れも多く、安心して利用できる。

ほぼ満席状態のなか、特に騒がしい男子高生のテーブルに挟まれてしまった。

私たちは四人席に案内され、隣に座ってオムライスとお子様ランチを注文した。

「がおー!」

「よかったねえ。恐竜もらえたね」

「うん!」

おもちゃ付きのメニューなので、恐竜のフィギュアをもらえてすっかり機嫌が直ったみたいだ。

「ほら虎鉄、食べよう」

虎鉄はごはんよりもおもちゃに夢中になっている。これは時間がかかりそうだ。私は虎鉄が遊んでいる間に自分の食事を済ませる。はやく食べられるオムライスでちょうどよかった。

「虎鉄、冷めちゃうよ」

「がうがおー!」

「あーガキの声うるせー！」

後ろのテーブルから、大きな声が聞こえてきた。明らかに私たちのテーブルに言っている。正直なところ、彼らの声は虎鉄以上に騒がしい。けれど、こちらが迷惑をかけているのも事実だろう。私は後ろのテーブルに向けて「すみません」と会釈をした。

「虎鉄、静かにごはん食べよっか」

大人しくごはんを食べさせるために誘導するも、虎鉄は首を横に振る。

「まだあそぶの！　がおー！」

「あ、こら」

虎鉄が恐竜を頭上へ掲げて振り回す。

「うるせえんだよ！」

「わあ！」

突然、後ろから手が伸びてきて、虎鉄のおもちゃを奪ってしまった。虎鉄は何があったのかわからない様子で、ぽかんとしている。

さすがに、黙っていることはできない。

「虎鉄、ちょっと待っててね」

私はすっかり元気がなくなった虎鉄を座らせ、頭を撫でる。

振り返り、後ろのテーブルを見た。すると制服姿の男子たちが四人、へらへらした顔でこちらを見ている。一番手前にいる男子が、虎鉄のおもちゃを手に持っていた。

「それ、返してくれる？」

「いやでーす。これがあるからガキがうるさいんだろ」

「ほんとだよ。周りに迷惑でーす」

他の男子もからかうように言ってきて、さらに盛り上がり、ゲラゲラと大きな声で笑う。この声は相当、周りの迷惑になっていると思うのだけど、本人たちが気づくはずはない。

「うるさかったのはごめんなさい。でも、人のものを取るのはよくないと思う」

「は？　何このおばさん。マナーなってないんだけど」

怒鳴りたい気持ちをぐっと堪える。虎鉄が横にいる以上、あまり大きな声は出したくないし、周囲の人の視線が気になるので、これ以上は騒ぎにしたくない。でも、謝って終わらせたくもなかった。

「人のものを盗るなんて、マナーがなってないのはあなたたちのほうでしょう？　返してください」

「うるせえなあ」

ぎゃはは、と下品な声が響く。もう相手にするのも意味がない。

おもちゃだけ返してもらって、さっさと食べさせて帰りたい。最悪、持ち帰りにしてもらってもいい。虎鉄も怖がっているし、今すぐここから立ち去るのが正解だろう。

「もういいから、返して……」

「かあかをいじめるな！」

ずっと怖がっていた虎鉄が、ひょこっと顔を出し男子高生たちをキッと睨《にら》む。幼い我が子が私を庇《かば》ってくれることに感動しそうになるが、それどころではない。子どもに言い返された男子高生たちが顔を真っ赤にして怒っている。特におもちゃを奪った男子が激高している。

「このガキ、ふざけんなよ！」

男子高生がフィギュアを握りしめた右手を振り上げる。

「……っ！」

私は咄嗟《とっさ》に自分の身体で虎鉄を覆った。自分なら、いくら叩かれてもいい。でも、その衝撃はなかなかおとずれなかった。

「ぐ……いてえ！」

そのかわり、男子高生の声が響いた。

そろりと瞼を開くと、手を振り上げたままの男子高生が顔を歪《ゆが》めている。その背後には壬生さんが立っていて、男子高生の手首を強く握っている。

「二人とも、ケガはありませんか？」

「は、はい」

壬生さんは男子高生の手を掴んだまま、フィギュアを回収してくれた。

「おい、離せよ！」

男子高生が暴れ、壬生さんは素直に手を離した。男子高生は手首をさすっている。

「いてぇなあ……」

「君たち、迷惑だ。出ていきなさい」

「はあ!? オレら客だけど！」

「ああ客だな。ただし、迷惑客だ」

壬生さんは冷静に、煽《あお》ることを言う。

「……おっさんふざけんなよ」

「残念ながら、ふざけてはいない。店長に報告したところ、これ以上騒ぐなら警察を呼ぶとのことらしい。そうなると学校にも家にも連絡がいくだろうな。その覚悟があってやってるのか？」

「えっ……」

男子高生たちの顔色が一気に変わった。言われなければ気づかなかったのかと呆《あき》れる。彼らの勢いがなくなる。

「事前通告しただけ、ありがたいと思いなさい」

「く、くそ。行くぞ！」

男子高生たちは、慌ててその場を去ろうとした。

「おい、伝票」

壬生さんが彼らのテーブルの伝票をさっと取り、一番後ろにいた男子に手渡す。

「……っ」

大きな舌打ちを残して、彼らはお会計をして店を出ていった。

ようやく騒ぎが収まったと、大きく息を吐く。

「かあか……」

小さな手が私の服を掴んでいる。声が細く、怖かったのだと伝わってくる。

「ごめんね、虎鉄。怖かったでしょう。かあかを守ってくれてありがとうね」

虎鉄をぎゅっと抱きしめた。私がもっと上手に注意できていたらよかった。壬生さんが来なければ、さらに騒ぎは大きくなっていたかもしれない。

「壬生さん、ありがとうございました」

「いえ、ケガがなくてよかったです。虎鉄くんも泣かなくて、えらかったな」

壬生さんが私に抱き着いている虎鉄の頭を撫でる。

「壬生さん、どうしてここに？」

「打ち合わせの帰りで、たまたま休憩に立ち寄っていたんです」

冷静になると、壬生さんの隣にはスーツ姿の男性が二人立っていた。目が合い会釈をされたので私も頭を下げる。

「そうだったんですね、助かりました」

「……失礼」

壬生さんは、遠くから見ていた店長らしき男性と目を合わせると、話をしにいった。

するとすぐに二人で戻ってきて、私たちのテーブルにプリンが置かれた。

「お客様、申し訳ございませんでした。こちらお詫《わ》びのデザートです」

「そんな、ありがとうございます。でも私たちもうるさかったですし、ご迷惑をおかけしたのはこちらなので……」

迷惑をかけたのに申し訳ない。今すぐ店を出たいくらいだった。

「いいから、もらっておくといいですよ」

「でも、まだお子様ランチも残ってますし」

虎鉄のお子様ランチは、ほぼ残っている。デザートのゼリーもついているし、今の騒動で虎鉄もしゅんとしているので食べきれる気がしない。迷惑をかけた上に残して帰るなんてことはしたくはない。

「そうですね……それなら……」

壬生さんは身をかがめ、虎鉄の顔を覗き込んだ。

「虎鉄くん、お子様ランチ、食べられそうかな？」

虎鉄は小さく首を横に振った。

「プリンだけなら食べられる？」

虎鉄は少し考えたあと、こくりと頷いた。

「よし。……すみません」

壬生さんはまた店長と何やら話をしている。少しするといったんバックヤードに行った店長が、手にプラスチックの容器を持って戻ってきた。

「よければ、残った分はこちらでお持ち帰りください」

その心遣いに壬生さんに視線を向けると、彼は私を見て頷いた。これ以上、壬生さんと店長の厚意を断るのも失礼だろう。

「……何から何まで、ありがとうございます。いただきます」

ここまでしてくれるお店には感謝しかない。今後はさらに迷惑をかけないように、そして売り上げに貢献できるようにしようと思った。

先ほどは騒ぎの影響で注目を集めてしまったけれど、解決すると周囲はすぐに関心をなくしてくれた。プリンを虎鉄にあげると、少しだけ元気になった。お子様ランチを容器に詰めながら、ほっと息を吐く。

「実はさっきスナックにお邪魔したんですけど、お留守だったので虎鉄が寂しがってしまって」

「それはありがたい話ですね」

「かなめ……あそぼ……」

プリンをちょこちょこと食べている虎鉄の声にはまだ覇気がない。それでも壬生さんと遊びたいと主張するところは変わらなくて、ひと安心だ。

壬生さんは虎鉄の頭を優しく撫でる。

「ごめんな。今日はまだ仕事があるんだ。また今度遊ぼう」

「こんどって、いつー？」

「うーん。また会えたら、だな」

ど。

「……うん」

壬生さんの言うことはすんなり聞いてくれる。元気がないせいもあるのだろうけれ

「それでは、私はこれで」

「はい。本当にありがとうございました」

私は立ち上がり、あらためて壬生さんに頭を下げた。そして店から出るまで、彼の背中を目で追っていた。

「虎鉄……怖かったよね」

一生懸命プリンを食べている虎鉄の頭や背中を撫でる。

「だいじょぶだもん」

「かっこよかったよ。ありがとうね虎鉄」

褒めると、虎鉄は照れくさそうに笑った。

さっきの壬生さんもすごく頼もしかった。彼が居合わせてくれて本当に助かった。ああいう場合は、どういう対応をしていたらうまくいったのか、母親としてもっと穏便に済ませられなかったのかと反省もした。

プリンを食べ終え帰ろうとすると、レジで店員さんに「代金はいただいておりま

す」と言われてしまった。

「え!?」

「先ほどのお客様がお支払いになりましたよ」

先ほどの、というとこんなことをしてくれるのは壬生さんしかいない。助けてもらったうえに奢《おご》ってもらうなんて。

これは絶対にお礼をしないといけない。

もう二度と会うことはないと思っていたのに、結局助けられ、また会う口実ができてしまった。

虎鉄が喜ぶならまあいいか、と思うしかなかった。

それから一週間、結局壬生さんとは会えていない。

「今日もいないね……」

保育園の帰りに毎日スナックに寄っているけれど、ファミレスで会ったのを最後に、壬生さんにはまだ一度も会えていない。

スナックのドアが開かないと、虎鉄はわかりやすくしゅんとする。その日の夜は機嫌が悪くなったり元気がなかったりする。眠ってしまえば翌朝になるとリセットされるのだけど、夜寝るまでが少し大変だ。

虎鉄が毎日「かなめとあそびたい」と言うのでスナックに立ち寄るようにしているし、ファミレスで奢ってもらったお礼もしたいので、私も壬生さんに会いたいとは思っている。

こんなことなら、連絡先を聞いておけばよかった。そう思ってふとあることを思い出した。

そういえば、名刺をもらっていた。どこに保管すればいいかわからず、財布の中に入れている。けれど、記載されているのは会社の電話番号だから、かけづらい。

「帰ろっか。また明日来よう」

「む……」

頬を膨らませ、虎鉄は不機嫌モードになっている。こうなってしまったら長くなる。

「虎鉄、今日は公園で遊んで帰ろう!」

心ときめく話題を出しても、まだしかめっ面のままだ。

「それで、帰ったらココア飲もうよ。あったかくて甘くておいしいよ」

「……うん!」

ようやく少し元気になった。

公園に行くと、広場で小学校高学年くらいの子たちが走り回って遊んでいた。その端で一緒にヒーローごっこをしようと思いベンチに荷物を置いたら、虎鉄はその子たちの元へ走っていってしまった。

「お、一緒に遊ぶか？」

「ぼく、レッド！」

「もしかしてガオガウレンジャー？」

「うん！」

虎鉄は両手をぎゅっと握り、ぴょんぴょん飛び跳ねる。どうやら男の子たちと遊びたいみたいだ。私は口を出さず、とりあえず見守るだけにした。

「いいじゃん、レンジャーごっこ！」

「遊ぼ遊ぼ！」

男の子たちが乗り気だとわかると、虎鉄は全身で喜びをアピールした。いい子たちでよかった。

「遊び相手になってくれて、ありがとうね」

「いえ！　オレたちも退屈してたんで！」

彼らはさっそく変身ポーズをとり、遊びはじめた。

あの子たちのおかげで、虎鉄もすっかりご機嫌だ。

私はベンチに座って、彼らを見守ることにした。じっとしていると北風が寒いので、カイロを取り出し手を温める。

けれど、三十分もすると寒さに耐えきれなくなる。立ち上がって動いてみるけれど、さほど身体は温まらなかった。

「虎鉄ーそろそろ帰ろー」

「やぁだ！」

虎鉄はお兄さんたちと遊ぶのが、よほど楽しいみたいだ。

優しい男の子たちは虎鉄と一緒にヒーローになったり、敵になったりと相手をしてくれている。公園を走り回って、元気いっぱいだ。

「あと十分だけだよー」

「あい！」

虎鉄たちを見ていると、散歩に来ている杖《つえ》をついたおばあさんが出口に向かって歩いているのが視界に入ってきた。

この公園は広く、散歩をするには適している。暖かくなってくると、公園では年配の方がベンチに座っておしゃべりを楽しんでいるところをよく見かける。でもさすがに寒さの厳しい今は、あまりいない。

　杖をついたおばあさんはふらついていて危うく、つい目で追ってしまう。ニットに厚手のカーディガンしか合わせていないので近所の人だろう。

マフラーをつけているけれど白髪のショート髪が風で揺れていて、寒そうだ。優しい顔立ちは、数回しか会ったことのない祖母を思い出す。祖母が生きていたら、あのくらいの年齢だろうか。

何気なく見ていると出口の段差で躓《つまず》き、おばあさんが転んでしまった。私は咄嗟にベンチから腰を上げる。転がった杖を拾い上げ、おばあさんに声をかけた。

「大丈夫ですか！」

「うう……」

おばあさんは地面に手をついて、痛そうに顔を歪める。

「動けます？　痛いところはありますか」

「……なんとか、ね……」

見ると、かすり傷がいくつもできていた。

「ケガしてますね。お家まで送りますよ」

ちょうど帰ろうと思っていたし、虎鉄を呼び戻して一緒に帰ればいい。

「ありがとう、大丈夫よ。でも……」

「何か気になることがありますか？」

「あの……よければ、これで娘を呼んでくれるかしら」

おばあさんはおずおずと携帯電話を取り出した。

「わかりました。お任せください！」

「ごめんなさいね。持たされてるのだけど、よくわからなくて……」

私は娘さんの電話番号を確認し、電話をかけながら、虎鉄に視線を向けた。まだ楽しそうにお兄さんたちと、ヒーローごっこをしている姿が見える。

電話口の娘さんは少し慌てた口調で『今すぐ迎えにいきます』と言ってくれた。

「すぐ車で迎えにきてくれるそうです」

「そう。よかったわ」

「座れますか？」

「え、ええ」

おばあさんを支えながら、ベンチに座ってもらった。ところどころ肌がこすれ、痛そうなかすり傷ができている。絆創膏《ばんそうこう》くらいはあるけれど、まずは傷口を水で洗い流したほうがいいだろう。

「今、お水くんできますね。傷口洗っちゃいましょう」

「いいのいいの。娘がすぐ来るから」

「そうですか……？」

ケガをした本人なのに、どこかのんびりしている。

「あの子はあなたの子？」

「はい。一番小さいのが息子です」

「元気な子ねえ」

おばあさんがにこにこと虎鉄たちを眺めている。

「少しやんちゃですけどね」

「元気なのが一番よ」

穏やかなおばあさんの言葉に、私も笑顔で頷いた。人生の先輩に認めてもらえるなら、誇りになる。

二人で虎鉄たちを見ていると、公園の外に車が停まった。

「あら、来たみたい」

「よかったです」

私はおばあさんの手を取り、出口まで連れていった。車から焦って出てきた娘さんは私に向かって何度も頭を下げる。

「お母さん大丈夫!?　すみません、ありがとうございました」

「いえ。お大事になさってくださいね」

二人に手を振り、公園内に視線を戻す。遅くなってしまったのでそろそろ帰らないといけない。

「虎鉄ー」

名前を呼びながら姿を捜すも、見当たらない。先ほどまで一緒に遊んでいた小学生の男の子たちはまだヒーローごっこをしているので、そのあたりにいるはずなのだけど。

「ねえ君たち、うちの子はどこに行ったのかな」

「さあ？　急に走ってどっか行っちゃった」

その言葉を聞いて、一気に血の気が引いた。

きっとそのへんにいるのだろうとは思うけれど、目の届くところにいないのは心が落ち着かない。

「……あ、ありがとうね」

私は慌ててカバンを手に取り、公園中を捜し回った。いつも持ち歩いているトラのポーチにデジタルの迷子防止タグを入れているのだけれど、遊んでいたから私のカバンの上に置きっぱなしだった。最悪な状況だ。

「虎鉄どこ！　虎鉄ー！」

いくら名前を呼んでも反応がない。寒いのに冷や汗が噴き出て、心臓がバクバクと音を立てる。こんな経験は初めてだった。

公園の外に出てしまったのだろうか。この場から離れるのは不安だけれど、公園内で見つからない以上、はやく外を捜したほうがいいだろう。

私は自転車を引き、公園を出た。

一人で家へ帰ったのか、保育園へ戻ったのか、どこへ行ったのか見当がつかない。どうして、一瞬でも目を離してしまったのだろう。あの年頃の男の子はどんな行動をするかわからないのに。

後悔してももう遅い。反省はあとにして、はやく虎鉄を見つけないと。

一度自宅に戻って虎鉄が帰っていないことを確認してから、また公園やショッピングセンターなど、虎鉄とよく行く場所を捜し、通り過ぎる人にも一人で歩いている小さい男の子を見なかったかと聞いて回った。

「虎鉄……どこ……」

どうしても見つからない絶望に、足はふらつき声も掠《かす》れてきた。

このへんにいるはず。まだ小さいから遠くへは行けない。そんなことを考えていた自分は本当に最悪だ。駅前の交番へ向かう途中——。

「百瀬さん！」

名前を呼ばれ振り返ると、壬生さんが早足でこちらへ向かってきていた。その姿を見て息を呑む。彼は、虎鉄を抱き上げている。

「……虎鉄！」

私は震える足で彼に駆け寄る。

「かあか！」

私の心配など素知らぬ顔で、虎鉄は無邪気に手を振る。私は安心と怒りが混ざり合った、なんともいえない感情が爆発しそうだった。

「どこに行ってたの……！」

私は壬生さんの腕ごと虎鉄を抱きしめる。

「かあか……？」

一人で勝手に離れたことを叱《しか》りたいし、心配だったこの気持ちも伝えたい。でも今はうまく言葉にならない。

子どもの前で涙は流したくなかった。でも、我慢できそうにない。

「……百瀬さん、とりあえず落ち着けるところに行きましょう」

「はい……」

壬生さんは、私の背中を優しく押してくれた。

彼が連れてきてくれたのは、例のスナック『ジュンコ』だ。今もお店は閉店中なのか、誰もいない。けれどおかげで落ち着くことができる。店に入ったのは壬生さんと出会ったあの日以来。中は間接照明がついていてムードのある雰囲気だけど、人がいないからか妙に落ち着く。

「温かいお茶です。どうぞ」

「すみません……」

虎鉄と一緒にソファに座ると、壬生さんがお茶を出してくれた。寒さも忘れるほど走り回っていたので、温かいお茶が染《し》みる。虎鉄を失う恐怖で強ばっていた身体がゆっくりほどけていく。ソファが気持ちいいのか、虎鉄は隣で遠慮がちに揺れている。

「虎鉄くん、私に会いにきてくれたんです。でも百瀬さんがいないから一人で来てしまったんだろうと思って、公園に向かう途中でした」

「そうだったんですね……」

身体の力が抜け、項垂《うなだ》れる。本当に、虎鉄が無事でよかった。

「すみません。またご迷惑をおかけしてしまって……ありがとうございました」

「迷惑だなんて、そんなことないですよ」

「……それに、ファミレスの時に、食事代までお支払いしてくれましたよね。ありがとうございました」

あれから会うこともなく、お礼をきちんと言えていなかった。

「いえ。散々な目に遭いましたからね。あれくらいは」

「私はいつも……壬生さんに助けられてますね」

気がつけば壬生さんが傍にいてくれている。どれほど感謝しなければいけないか、身に染みる日々だ。

私は隣で状況がわかっていない虎鉄を正面に向かせた。

「虎鉄、お願い。どこかへ行く時は、かあかと一緒だよ」

自然と真剣な、怒っているような顔になっていた。でも大事な話だ。私の真剣さを、虎鉄に少しでも伝えなければいけない。

「かあか、おこってるの？」

「うん。怒ってるし悲しかったし、虎鉄が事故に遭ったり、誰かにさらわれたりしたんじゃないかって、怖かったよ」

「こわかったの？」

「そう。すごーーくね」

決して、オーバーな話ではない。冗談にしてはいけないと、私は真剣な顔で虎鉄に訴える。

「……ごめなさい……」

するとさすがに伝わったのか、虎鉄は涙目になり、謝ってくれた。追い詰める気はないけれど、きちんとわかってほしかった。

「ううん。私こそ、よそ見しててごめんね。でも約束だからね」

「あい……」

指切りをして、この話は終わりだ。

あとは私の、一人反省会。

「よければ、仲直りのしるしにゼリーでもどうぞ」

壬生さんが、プラスチックカップに入ったみかんゼリーとスプーンをテーブルに並べてくれた。

「すみません！　虎鉄よかったね」

「あいがとー」

虎鉄の声にはハリがなく、まだ元気は戻らないみたいだ。ゼリーはふたつあるけれど、私は食欲がなくてお茶だけを飲んでいる。

「疲れたでしょう。少し休んでいってください」

壬生さんが、テーブルを挟んだ向かいのスツールに座った。

「ありがとうございます」

自転車を引いて走り回ったので体力的にも疲れていた。家に帰る前に少し休みたいのでありがたかった。

「みかん、おいちー」

「よかった。虎鉄くんはいい子ですね」

迷惑ばかりをかけているはずなのに、壬生さんは淡々としつつも、優しい。私は虎鉄の頭を優しく撫でた。さらさらの髪が心地いい。

「……虎鉄はいい子なのに、だめですね。一瞬でも目を離すなんて。母親として情けないです」

「いいえ。子育ては大変だと思います。私は独身なもので……百瀬さんのことは立派だと思います」

謙遜《けんそん》ではなく、私は首を横に振った。

「立派なんてそんな。うまく母親をできてるのかもわかりません」

ずっと自信はない。父親もいない、頼れる人もいないなか、正解がわからないまま子育てをしている。産科や小児科で話を聞いたり、本を読んで情報収集をしたりもしているけれど、やっぱり実践となるとまるで違う。

「できてますよ。だって虎鉄くんは、こんなに百瀬さんのことが好きじゃないですか」

おいしそうにみかんゼリーを食べている虎鉄を見つめる。ゼリーのおかげで少し元気が出てきたのか、目が合うとうれしそうに、にいと笑う、愛おしい存在だ。

「でも、虎鉄が大きくなったら金銭的にもどうなるかわからないし……もっとがんばらないと。弱音を吐いてる暇なんてないですもんね」

話をしているうちに、答えが出てしまった。結局、前を向いてがんばるしかない。子育てというのは、こういうことの繰り返しなのだろう。

「……本当にありがとうございました。これからはもっと気をつけます」

事情が事情なだけにこういう話ができる人がいないので、つい壬生さんにべらべらと話してしまっていた。彼が呆れずに聞いてくれるので、とても胸が軽くなる。

虎鉄がみかんゼリーを食べ終えたので、空のプラカップをキッチンで洗わせてもらった。

「壬生さん、このゴミはどこに捨てますか？」

振り返ると壬生さんはスマホで誰かと通話をしているようだった。私は手で合図をして、彼の通話の邪魔にならないように待つ。するとすぐに通話を終えた壬生さんがカウンター前に来た。

「百瀬さん」

「……はい？」

壬生さんが私の目をじっと見つめる。ただの雑談ではない雰囲気に、わずかに緊張していた。

「もし金銭的に困っているのであれば、うちでバイトをしませんか」

「え？」

「といっても、私の会社ではなくて、『この店』ですが」

この店、というのはスナックのことだ。扉にバイト募集の貼り紙がしてあったので、人手が足りないのだろう。

「そんな。私には、スナックのママは無理ですよ。しかも夜だとちょっと……」

スナックのママといえば、接客のプロだ。お酒や料理を作るというのはまだなんとかなりそうだけれど、お客さんの話し相手は、未熟な私にできるものではないだろう。

しかも夜となると、家で虎鉄を一人にしてしまう。初めてこの貼り紙を見た時は一瞬、心が揺らいだけれど、いくらお金が必要だからといって虎鉄が小さいうちはまだ、一人にはしたくない。

「来ていただきたいのは、夜ではないです。順子さんが不在の間、私が店の管理を任されているんですが、仕事でなかなか来られなくて。そのかわりを、百瀬さんにお願いしたいんです」

普通に、スナック店員として働くということではなさそうだ。

「……具体的には、どういうことをするんですか？」

「例えば、今日みたいに保育園の帰りに寄って、掃除をしてもらいたいんです。できれば毎日。忙しければ、最低週一回でも問題ありません」

「……それだけでいいんですか？」

それなら、時間の融通も利くし、私にもできそうな仕事内容だ。

「はい。一日一万円でいかがでしょう」

「一万円!?」

その金額に目を見開く。

保育園の帰りにスナックに寄って掃除をするだけなんて、一時間もあれば充分だ。それなのに、一万円ももらえるなんて……一気に怪しさが増す。

「でも、他に相応しい人がいるんじゃないですか？」

社長をしている壬生さんなら、人脈は広いはず。こういうスナックも常連が多いイメージだ。頼む人なら、いくらでもいるだろう。

「順子さんが、百瀬さんにはお世話になったと感謝していました。なので私以外に頼むなら、百瀬さんがいいと。今電話して、金額などの了承も得ました。信頼できる人にお願いしたいから、どうしても百瀬さんがいいと」

「いつの間に……。でも、私は何もしていませんよ」

あの時は、何もできなくてもどかしかったくらいだ。

「いえ。見ず知らずの自分の手を握って傍にいてくれて、パニックになっていたのが落ち着いたと言っていました。とてもうれしかったそうです」

あの時の行動は間違ってはいなかったんだと、ほっとする。

「無理でしょうか？」

最初は怪しい仕事かなと思ったけれど、壬生さんは立派な会社の社長だ。身分がはっきりしているし、変な仕事はさせられないはず。

それに、何度も助けてもらったお礼と……単純に、金銭的にも助かる。いつも我慢させているおもちゃやお菓子を、虎鉄に買ってあげられるかもしれない。

「わかりました。ぜひよろしくお願いします」

「ありがとうございます。助かります」

壬生さんは品よく口角を上げる。

「では契約書を用意しますね。それから連絡先と……下のお名前を、聞いてもいいでしょうか」

「あ、そうでしたね」

出会った時は、ここまで会う機会が増えるとは思っていなかったので苗字しか伝えていなかった。

彼と、こんな関係になるとは思わなかった。出会って二週間も経っていないけれど、誰にも打ち明けたことがない自分の事情まで話してしまうほどの仲になった。

「百瀬妃奈子といいます。よろしくお願いします」

「……妃奈子さん、ですか。いい名前ですね。あらためてよろしくお願いします」

私と壬生さんが会話をしている真ん中に来た虎鉄が、不思議そうに私たちを見上げていた。

第三章　距離感

　毎日のルーティーンに、新しいことが加わった。

　朝、いつもどおり虎鉄を保育園に送り、会社へ向かう。三時になると会社を出て、虎鉄を保育園へ迎えにいく。

　そのまま、スナックに寄る仕事が増えた。

　スナック『ジュンコ』の店内はそこそこの広さで、黒と赤が基調になっていて意外とシックだ。カウンター席の他に壁際に沿ってテーブル席の赤いソファが並ぶ。素材は高級感のあるベロアだ。

　スナックでは、窓を開け換気をして、掃除機をかけ、埃《ほこり》がかぶっているテーブルを拭く。冷蔵庫をチェックして、足りないものがあれば壬生さんに連絡をする。壬生さんが仕事の合間の休憩で利用することもあるらしく、中には飲み物が常備されている。

　これだけだ。

　一時間もかからず一万円をもらえるのは、だいぶいい仕事だろう。

　私は虎鉄を連れて二日に一度、スナックに顔を出していた。

「あれ、今日も壬生さんいらっしゃるんですね」

任された翌日からスナックに通うようにしているが、忙しいと言っていたわりに、壬生さんと会う頻度が高い。この仕事を受けると決めた時に連絡先を交換したのだけど、連絡をするような必要もないほど、彼はだいたいこの店にいる。

「ええ。ここで仕事をすればいいのだと思いつきまして」

彼は店のテーブルにノートパソコンや仕事の資料だと思われる紙の束を積み重ねて、作業をしている。

「それなら、私はいらないのでは……？」

それに、閉店しているなら掃除や補充もさほど必要ないのではないかとも思ってしまう。

「いえ。雇われたからにはやるけれど、疑問は残る。

「いえ。結局仕事があり妃奈子さんほど気を回せないものですから、大変助かっています」

「そうですか……？」

いつしか壬生さんには、名前で呼ばれている。虎鉄の苗字も『百瀬』だからかと思ったけれど、距離が一気に縮まったようでなかなか慣れない。

「夜に順子さんやオーナーの知り合いが、勝手に飲みにくることもあるようなので、整えておきたいそうです。それに復帰したらすぐにお店を開けられるようにしたいと、妃奈子さんに協力してもらえて感謝していますよ」

「そうでしたか……」

そういう事情ならと納得をした。順子さんの、お店への愛情が伝わってくる。

「かなめー！」

虎鉄は靴を脱ぎ捨て、ソファに乗り上げると壬生さんに抱き着いた。

「こら虎鉄、お仕事の邪魔しないのー」

「少し休憩しようと思っていたので大丈夫です」

「それなら、コーヒーを淹《い》れますね」

掃除をするかわりに、スナックのものはキッチンも飲み物も自由にしていいという話になった。とはいえ、いつもは掃除をして帰るだけなのでそんなに使うことはない。

私が掃除をしている間、虎鉄が退屈してしまうので、たまに飲み物を用意することがあるくらいだ。

「どうぞ」

インスタントコーヒーをシンプルな白いマグカップに入れて壬生さんに出す。

「ありがとうございます」

彼はパソコンを見たままカップを手に取り、さっそくひと口飲んだ。

「……落ち着きますね」

壬生さんは息を吐き、ノートパソコンを閉じた。

「よかったです。私は掃除はじめちゃいますけど、大丈夫ですか？」

「もちろん」

壬生さんが飲み物を飲んでいるので、埃が立たないように掃除機は後回しに。キッチンやテーブルを丁寧に拭いていく。一日置きのペースでも、埃はすぐ溜《た》まる。

「ママさんのお身体はいかがですか？」

「順調みたいですよ」

「よかった……」

たった一度、あの瞬間しか会っていないのに壮絶なシーンだったこともあり、ずっと気がかりになっている。それにこのスナックに出入りしていると、順子さんの人柄にとても好感が持てた。はやく彼女と話がしてみたい。

「順子さん、妃奈子さんに会いたいと言っていました」

「私もきちんと挨拶したいです。今は病院にいるんですか？」

「まあ、そんなところです。迎えにきた医者の診療所にいます」

病院には行きたくないと言っていたけれど、あの時の医者は信頼しているのか。

「お見舞いは……」

「一応、面会謝絶らしいです」

「ですよね」

何か事情がありそうなので、深く立ち入るべきではなさそうだ。

「退院したらぜひご挨拶させてください」

「ええ。ぜひ」

掃除機以外の掃除を終える。虎鉄はソファの上で眠っていて、壬生さんはコーヒーを飲みながら虎鉄を眺めていた。

「あれ、静かだと思ったら寝ちゃったか。せっかく壬生さんがいるのに」

「……虎鉄くんは可愛いですね」

「壬生さんが可愛がってくれて助かります」

虎鉄が起きてしまうのでまだ掃除機はかけられない。私もソファに座って、虎鉄の頭を優しく撫でた。

「妃奈子さんによく似ていますね」

「そうですか？　今では……いえ、なんでもありません」

高虎さんに似ているような気もする。今はもう、仏壇に飾った写真でしか彼の顔を見られない。高虎さんは写真を撮られるのが苦手だったので、気づかれないようにこっそり撮ったものだ。まさかそれが遺影になるなんて、想像もしていなかった。

彼が亡くなってたった四年しか経過していないのに、記憶が薄らいでいく。そのことがとても嫌だった。

あんなに愛し合って、今でもこんなに忘れられない人なのに。鮮明なのは、くしゃっとしたイタズラっぽい、一枚しかない写真の笑顔だけ。

あの顔も、優しい声さえも、次第に曖昧《あいまい》になっていく。その残酷さに胸が締め付けられる。

「失礼」

感傷に浸っていると、壬生さんがスマホを手に立ち上がり、私に頭を下げて電話に出た。そして店内の端でしばらく電話をすると、すぐに戻ってきた。

「すみません、仕事で呼び出されたので、私はこれで」

壬生さんは会話をしながらも帰り支度をはじめた。ノートパソコンをビジネスバッグに入れ、立ち上がる。

「はい。いってらっしゃい。鍵は閉めておきます」

「お願いします。ではまた」

そう言うと、壬生さんは颯爽《さっそう》と店を出た。

社長という立場の人と関わりを持ったことがないので、具体的な仕事内容はわからないが、忙しいのだろうなということは想像がつく。

休憩しつつ、壬生さんの名刺を財布から取り出した。

興味本位で、スマホで『壬生建設株式会社』を検索してみる。すると、想像よりスタイリッシュなホームページに辿《たど》り着いた。

会社情報のページには、社長である壬生さんの顔写真とともに、プロフィールとインタビューが掲載されている。

さぞすごい経歴なのだろうと思っていたが、大学名や前勤めていた会社の名前などの情報はなかった。けれど、三十二歳の時に会社を設立し、今では従業員数千人の大きな会社に成長させたらしい。全国に支店があり、美術館なども手がけ、都市開発に貢献している大手の会社だ。

「すごい……」

そんな会社を経営している敏腕社長を、私の息子のヒーローごっこに付き合わせるなんて、やっぱり迷惑なのではないか。そうは思うけれど、壬生さんの表情からは嫌々相手をしているようには見えないので、つい甘えてしまう。

「うぅん……」

もぞもぞとソファの上で動く存在によって、考え事が頭から離れていった。

「虎鉄起きた？」

目をこすりながら、虎鉄がゆっくりと起き上がる。

「……おなか、ぺこぺこ……」

「すぐ掃除機かけちゃうから、待っててね」

眠そうにしている虎鉄はこくりと頷き、頭をふらふらさせている。私はさっさと掃除機をかけていく。

テーブルの下も丁寧に掃除機をかけていると、A４の紙が一枚、落ちていることに気がついた。

「あれ、これは……？」

ただの白い紙を裏返すと難しそうな文書だ。壬生さんのものだろう。仕事で必要な書類なら、ないと困るはずだ。

掃除機をいったん置いてスマホを手に取った瞬間、壬生さんから電話があった。

「はい、百瀬です」

『妃奈子さん、まだ店にいますか？』

「はい。もしかして、書類ですか？」

手元の書類を見ながら答えた。

『ああ、そうです。ありましたか』

「今ちょうど見つけて、連絡しようと思っていたところです」

『よかった。それでは今から取りにいきます』

壬生さんが店を出てから二十分ほど経っている。わざわざ戻るよりも、私も壬生さんがいる方向に向かえば中間地点で会えるだろう。

「壬生さんは今、どのあたりでしょうか？」

『そうですね……駅から十分くらいのところです』

「それなら、私ももうすぐ店を出るところなので、駅までお持ちしましょうか」

『それは助かります。ありがとうございます』

電話を切ると、私は帰り支度をはじめ、虎鉄の手を握った。

「虎鉄ー、また壬生さんに会えるよ！　行こう」

「やったー！」

虎鉄は壬生さんの名前を出すと素早く行動してくれるので、助かる。

店を出て自転車で五分、駅前に到着した。きょろきょろと周囲を見回すが、壬生さんはまだ来ていないみたいだった。

【駅前で待ってます】と壬生さんにメッセージを送り、待っていた。少しして駅前にシルバーの高級車が停まった。

強い存在感を放つ車から出てきたのは、壬生さんだった。スナックにいる時と同じスーツを着ているはずなのに、車のイメージによるものか、私がよく見ていなかったのか、薄くストライプ柄が入っているネイビーのスーツ姿の高級感が増しているようで、ひと際目立っている。

「妃奈子さん！」

私に向かってまっすぐ小走りしてくる壬生さんを、周囲の女性たちが見ている。普段は閉鎖的な空間でしか話をしないけれど、不特定多数の女性がいる場では、彼がどれだけ注目される人なのか思い知らされた。

「あ……壬生さん」

思わずみとれ、眩《まぶ》しい彼の存在に慌てて目をそらしてしまった。カバンから、壬生さんの忘れ物を取り出す。

「書類、これですよね」

「そうです。助かりました。ありがとうございます」

「いえ。お車だったんですね」

しかもあんな高級車。後部座席から出てきたということは、運転手がいるということだ。社長という立場なのはわかっていたけれど、ここまでとは。

「ええ。移動中に書類がないことに気づきまして……虎鉄くんも、ここまでありがとう」

壬生さんは自転車のチャイルドシートに座っている虎鉄の顔をわざわざ覗き込んでくれた。

「うん！　へへ」

虎鉄はうれしそうだ。

「では、失礼します」

「はい。今度こそ、お仕事がんばってください」

「ばいばーい！」

壬生さんと遊べなかったというのに、虎鉄は元気だ。壬生さんに会えるだけでうれしいらしい。

駅前は、会社帰りの人でごった返している。けれど壬生さんはまだこれから仕事なのだろう。毎日スナックに立ち寄りながらも仕事をしているし、忙しいのは見ていてもよくわかる。

あんなすごい人、やっぱり住んでいる世界が違う。

あまり深入りしたり、甘えすぎたりしてはいけないのに、私はミステリアスな壬生さんのことを、もっと知りたいと思うようになってきていた。


スナックの手伝いをするようになってから一週間が経った。十二月に入るとさらに肌を突き刺すような寒さになってきている。ママの順子さんはなかなか退院するに至らず、私は相変わらず保育園の帰りに寄って掃除をしていた。

「わぁ……」

虎鉄が壬生さんの顔を覗き込む。

「虎鉄、起こしちゃだめだよー」

私は小声で虎鉄に話しかける。

「はぁい……」

虎鉄もひそひそ声で話し、それがおもしろいのか両手で口を押さえ、くすくすと笑っている。

今日、いつものようにスナックに来たら、ソファで壬生さんが眠っていた。テーブルにはノートパソコンと書類があり、ついさっきまで仕事をしていたのがわかる。よほど忙しいのだろう。暖房はついているが、このままでは風邪をひく。そっとブランケットをかけた。

「ぅ……」

壬生さんの眉間に皺が寄り、呻き声を上げながら、瞼を開いた。

「起こしちゃいましたか。すみません」

「いや……」

目を覚ました壬生さんは、顔を歪ませている。ただ疲れているのとは違う表情だった。

「何かありましたか？」

「昨日、取引先との会合があって……飲みすぎました」

壬生さんはこめかみを押さえつつ、起き上がる。いつもきっちりしている壬生さんがこんな姿になっているのはめずらしく、つい笑ってしまった。

「どれだけ飲んだんですか」

あまりにつらそうなので、私はグラスにミネラルウォーターを注いで、壬生さんの目の前に置く。

「ありがとうございます」

彼は、グラスいっぱいに注いでいた水を一気に飲み干していく。ごくごくと、逞しい喉仏が揺れている。ただ水を飲んでいるだけなのに、そこはかとない色気がある。

飲み終わって少しすっきりした顔をしている壬生さんは、グラスを静かに置くと、うつむいた。

「実は俺、下戸《げこ》なんです」

「え……」

今、『俺』って言った？

壬生さんは普段、自分のことを『私』と言う。いつも助けてくれるし優しい人だけど、どこか壁がある感じがしていた。でも一瞬、その壁がなくなった気がした。

「意外ですよね」

彼は自嘲《じちょう》気味に笑う。壬生さんがお酒を飲めないことは意外ではあったけれど、私が驚いた理由はそこではなかった。彼の素が見えたことに、動揺していた。

「そ、それだと昨日は大変だったんじゃないですか？」

「ええ……さすがに今日は仕事にならないみたいで、仕事をしようにもまったく集中できず……」

「いつからここで寝てたんですか？」

「午前中から、ほぼ寝てました」

彼は照れくさそうに笑った。

「それなら、お腹が減ってるんじゃないんですか」

「そうですね。腹は減ってるんですけど、喉を通らなくて」

まだ体調が悪そうだ。よほどお酒のダメージが大きいのだろう。

「胃腸が疲れてるのかもしれないですね……」

いつも完璧で余裕のあるイメージとは違う壬生さんの姿を見ていたら、うずうずと庇護《ひご》欲《よく》のようなものをかきたてられてきた。それに、私たちは普段から助けてもらってばかり。きちんとしたお礼もしていなかったので、ちょうどいい機会だ。

「壬生さん、これからのご予定は？」

「特に何も……書類チェックくらいです」

「それなら、ここで一緒に夕飯を食べませんか？」

「ええ。私は構いませんが……」

一人称が『私』に戻ってしまった。残念だ。

壬生さんは驚いた表情をしつつも、承諾してくれた。あとは虎鉄だ。

「虎鉄、今日の夜ごはんはここで食べようか。壬生さんと一緒に食べるのも楽しそうじゃない？」

私の言葉に、ぽかんとしていた虎鉄は笑顔になり、何度も小さい頭を揺らして頷き、右手を勢いよく上げた。

「……さんせー！」

「壬生さん、そういうことで、よろしくお願いします」

「え、ええ……」

彼はまだ状況がわかっていないようだった。唖然としている壬生さんはめずらしく、おもしろい。

そうと決まれば、さっそく買い物だ。店には、常備されているお菓子や飲み物しかない。まずは食材を揃えなければ。

「壬生さん、買い物に行ってきます。虎鉄行くよー」

さすがスナックだけあって、調理器具はだいたい揃っている。この店でバイトを始めてすぐ、メニューを見たことがあったけれど、お酒のつまみになるものの他に、定食メニューなども豊富だった。順子さんが戻ってきたら、食べてみたい。

「ぼく、かなめといる！」

「え？」

虎鉄を連れて買い物に行こうと思っていたけれど、虎鉄は壬生さんの膝に乗り、動こうとしない。

「でも壬生さん疲れてるから……」

「じゃましないもん！」

正直なところ、戸惑った。

「いいですよ。私が一緒に待っています」

疲れているだろうに、壬生さんは嫌な顔ひとつしない。

「……ありがとうございます。お願いします」

動揺しながらも、一人で店を出る。

虎鉄を残して出かけるのは、母が亡くなってからは初めてのことだ。どこか寂しいような、物足りないような、不安なような、不思議な感覚がする。壬生さんに任せてよかったかな、とわずかな迷いはある。けれど私は虎鉄を任せられるほど、彼を信頼するようになっていた。

それでも私は近くのスーパーで食材を買い、なんとなく素早くスナックに戻った。

「戻りました」

「おかえりなさい。虎鉄くん眠ってしまいました」

胸に寄りかかるように眠っている虎鉄を、ずり落ちないように壬生さんが支えてくれている。

「そうですか……すみません」

「いえ。可愛いので問題ないです」

壬生さんは虎鉄の背中を優しく撫でる。彼が優しい人で本当によかった。私もいくつもある恩を返したい。

「キッチン借りますね」

私はさっそく、夕飯を作りはじめた。

壬生さんには、胃に優しくて食べやすい、温かいかきたまうどんを作るつもりだ。虎鉄もうどんが好きなので、三人とも同じメニューにした。足りないことも考えて、プラスでおかずをいくつか。

胃が疲れているだろうから揚げ物は作らず、ホウレンソウのお浸しと、旬の大根が安かったので、ぶり大根。洋食が好きな虎鉄には一応ポテトサラダを作る。百均で保存容器も買って、余ったものはあとでも食べられるようにした。

「お待たせしました。テーブルに並べていいですか？」

「はい。運ぶの手伝います」

壬生さんは虎鉄をソファに寝かせると立ち上がり、出来上がった料理をテーブルへ運んでくれる。

私たちにとっては少しはやい夕飯。でも、壬生さんと一緒なら虎鉄も喜ぶ。すやすや寝ている虎鉄には悪いけれど、身体をゆすり起こした。

「虎鉄～ごはんだよ」

「あい……」

虎鉄はゆっくり起き上がる。犬のように鼻をくんくん動かすと、大きな目がぱっちりと開いた。テーブルの上に並べられているうどんを見て、すっくと立ち上がる。

「うどんだ！」

大好きなうどんを見て、眠気が覚めたみたいだ。

「危ないからちゃんと座りなさい」

「あい！」

並べ終えると、私と虎鉄はソファに、壬生さんは正面の背もたれのついた椅子に腰掛ける。

「いたーきます！」

「……いただきます」

壬生さんはまだ遠慮しているのか、戸惑いがみえる。アレルギーや嫌いなものがないか、確認するのを忘れていたけれど、大丈夫かな。壬生さんはさっそくうどんを箸で持ち上げ、ずず、と勢いよく吸った。

私は、彼がひと口食べるところをじっと見つめてしまっていた。

「……すごくおいしいです」

壬生さんのひと言に、私は心の底から安堵《あんど》した。自分の作った料理を、虎鉄以外に食べてもらうなんていつぶりだろう。母を除くと、もしかすると高虎さんぶりかもしれない。高虎さんはいつも、私の料理を『うまいうまい』と言いながら食べてくれていた。

「よかったです」

「かあか、おいち！」

虎鉄には小さいお椀に取り、軽く冷ましてから渡す。いつもどおり、喜んでむしゃむしゃと食べている。

「よかった～おかわりもあるからね」

三人分を作るのは久しぶりで、感覚がわからず作りすぎてしまった。これは保存容器を買っておいてよかった。

食欲のなさそうだった壬生さんも、うどんが食べやすいのかするする食べて、おかずにもちゃんと手をつけてくれている。表情は淡々としているけれど、食べ進める姿を見ているとほっとする。

「かあか！　おかわり！」

「あ、はいはい」

虎鉄は相変わらずもりもり食べてくれる。新しいうどんを器にうつし、ふー、と息で冷ましてから手渡すと、すぐにフォークを使い口へ運んでいく。

ふと視線を戻すと、壬生さんが手を止めていた。

「……人に作ってもらった食事というのは、こんなにおいしいんですね」

「……え？」

「あ、いえ。両親が多忙で、コンビニ飯や外食ばかりだったので……こんな幸せな時間は初めてです」

壬生さんは、満足げに笑みをこぼしている。ただのうどんなのに、ここまで喜んでもらえてうれしい。と同時に、驚いていた。

私は、壬生さんのことはほとんど何も知らない。彼はこれまで自分の話はしなかったし、私も深く聞けるほどの関係ではないと思っていた。だから、自分の話をしはじめた壬生さんのことを、もっと知りたくなった。

「ご両親は、お仕事が忙しかったんですか？」

「……ええ。両親ともに仕事で忙しく、高校くらいまではろくな食事をとっていなかったんです」

「お仕事は、ずっと建築会社なんですか？」

ホームページにも掲載されていなかったし、最初から壬生さんが社長だったのか気になっていた。若くして会社を立ち上げ、ここまで大きくしたのであれば、とんでもなくすごいことだ。

「いえ。最初は普通の会社員をしていました。とはいえこれは……」

そこで、壬生さんが、言葉を詰まらせる。

「……いえ、なんでもありません」

「そうですか。深く聞いてしまって、すみません」

私がそう言うと、壬生さんが首を横に振った。何か言いづらい事情があるのか、単に自分の話をするのが苦手なのかはわからない。

でもほんの少しだけ壬生さんのことを知れた気がした。

「ごちそうさま。すごくおいしかったです」

ここまで喜んでくれるなら、作った甲斐があった。最初は余計なお世話かなと思っていたけれど、杞憂《きゆう》だった。

「私でよければ、また作らせてください」

「でも、仕事に家事にと大変ではないですか」

「虎鉄のごはんにもなるので、そこは気にしないでください」

虎鉄も喜んでくれるし、キッチンは家のよりも広いし、いいことしかない。私としても都合がよかった。

「ありがとうございます。うれしいです」

微笑んだ壬生さんの顔に、胸がぎゅっと締め付けられ、自分でも驚いた。外側しか知らなかった壬生さんの内側を知ったような、くすぐったくなる感覚。

「か、片付けますね」

私は自分の動揺を誤魔化すように立ち上がり、食器を片付けはじめる。壬生さんもそれを見て、食器をキッチンに運んでくれた。

「壬生さんは休んでてください」

「ありがとうございます。でもあれだけ気分が悪かったのに、すっかりよくなりました。洗うのは俺がやります」

「でも……」

隣に立つ壬生さんの身長の高さや、ワイシャツをまくっている腕の逞しさがやけに目につき、鼓動が高まる。どうして急にこんなにドキドキしているのか、混乱する。

「どうしましたか？」

「え、あ、いえ。なんでもないです」

「もしかして、体調が悪いんでしょうか」

壬生さんの手が、私の額にふれた。額を覆う大きさに、さらに鼓動が跳ねる。

「熱は、なさそうですね」

むしろ、彼にふれられたから、身体も顔も熱くなっていく。男性とふれ合うことがずいぶん久しぶりだからということにしておきたい。

「もし何かあったら言ってください。妃奈子さんのために看病でもなんでもしますから」

どうして急にそんなことを。

優しいにもほどがある。ただの親切心だろうけれど、この状態で言われてしまったら私は動揺するだけだ。

「かなめ～あそぼ～……」

虎鉄の声にハッとした。

「ほら、虎鉄の相手をお願いします！」

「……わかりました」

壬生さんは食器を運び終えると、虎鉄の相手をするためにソファに戻った。虎鉄に感謝しなければいけない。

私は動揺した気持ちを落ち着かせながら、食器を洗った。

片付けを終えると、もう八時。予定よりも遅くなってしまった。

「壬生さん、残りを保存容器に詰めたので、よければ家で食べてください」

虎鉄はずっと、壬生さんの膝の上で遊んでいる。でも、お腹がいっぱいになったからか、さっきから何度もこくこくと舟を漕いでいる。

「……いいんですか？」

「はい。冷蔵庫に入れてもらえれば、明後日くらいまではもつと思いますので」

「何から何まで……ありがとうございます」

「じゃあ私たちはこれで……」

眠りかけている虎鉄を抱き上げ、帰ろうとした時、スナックのドアが勢いよく開いた。

「やっぱりここにいた！　要さん！」

一瞬、スナックのママの順子さんかと思った。けれどそれは派手な格好をした、若い女性だった。

「……亜里沙《ありさ》さん」

背後の壬生さんが女性の名前を呟く。

亜里沙と呼ばれた女性は私を一瞥《いちべつ》したあと、無視をして店内奥の壬生さんへ駆け寄っていく。そして壬生さんの腕に絡みつき、満面の笑みだ。

壬生さんのような素敵な男性に、恋人がいるのは当たり前。

それなのに私はどうしてか、目の前の光景にひどくショックを受けていた。

第四章　いつもあなたが

「やだぁ～貧乏くさいおかずばっかり！」

　亜里沙さんは私が作った料理が詰まっている保存容器の中身を見るなり、眉間に皺を寄せている。

　突然現れたこの女性は、冬だというのにスカートが短い。そしてダウンは着ているけれど胸の谷間は見えるという、ちぐはぐな格好をしている。ただ、若いだろうということはすぐにわかった。肌がまず違う。メイクは濃すぎず、でも可愛らしいベビーピンクのリップが彼女の愛らしさをうまく表現している。

　緩いパーマをかけた茶色の髪をふわふわと揺らして、彼女は言った。

「こんなの要さんの口に合うわけないいじゃない。フレンチとか、イタリアンとかがいいに決まってるでしょう！」

「す、すみません」

　どうして謝っているのだろうと思いつつ、責められているのは確かなので、反射的に謝ってしまった。

「亜里沙さん、失礼ですよ。妃奈子さん、すみません。とてもおいしかったです」

「やだ要さん！　おばさんの料理に丸め込まれちゃってない？」

おばさん……。

たしかに亜里沙さんよりは年上だろうけれど、今会ったばかりの人に言われるのはもやもやする。彼女が壬生さんに好意を抱いていることはすぐにわかった。見るからに私を嫌悪しているし、壬生さんを見る目がキラキラしている。私はライバル視されるような存在ではないというのに。

「……ところで亜里沙さん、どうしてここへ？」

逆に壬生さんは落ち着いた顔で、亜里沙さんを見ていた。

「パパに聞いたら、このへんにいるだろうって～」

「ああ、そうですか……」

「婚約者の亜里沙が、要さんと会えないなんておかしいでしょう？」

婚約者、という言葉を壬生さんは否定しない。ということは事実なんだ。

考えてみれば、壬生さんのような人に恋人がいないわけがない。立場や年齢的に、婚約者がいたっておかしくはない話だ。

ソファに座る壬生さんに肩を寄せる亜里沙さん。さすがに私が邪魔者だということは伝わってきた。

「私たちはこれで……」

「あ、妃奈子さん！　本当にありがとうございました」

虎鉄は私の胸の中ですっかり眠っている。

私は会釈をして、スナックを出た。

亜里沙さんは、私たちをずっと睨んでいた。

スナックの外に出ると寒さが厳しく、コートを手繰り寄せる。急いで虎鉄を自転車に乗せ、ペダルを漕いだ。

「ただいま……」

誰もいないひんやりとした家に帰り、暖房をつけて虎鉄を布団に寝かせる。

それから残りの食材を冷蔵庫に仕舞い、温かいお茶を淹れた。

「さむ……」

湯気の立つお茶が喉を通り、胃を温かくしていく。うどんで温まったはずなのに、もう凍るように身体が冷たくなっていた。すやすや眠る虎鉄を眺めながらお茶を飲む。

明日も仕事だ。はやくお風呂に入って寝なければいけないのに、どうしてかそんな気分にはなれなかった。

危ないところだった。

壬生さんを、好きになるところだった。

親切な人なので好感はあれど、恋愛感情ではなかったはずが、今日ほんの少しだけでも彼のことを知って、もっと知りたい、もっと近づきたいと思ってしまった。

でも壬生さんには婚約者がいるとわかり、芽吹きはじめていた恋心は散った。これでよかったのだ。はやいうちに知ることができてよかった。

遺影の高虎さんと目が合い、なんとなく気まずくなって視線をそらした。

私は一生、高虎さんだけでいい。

あらためて、そう思った。


それから数日、スナックに行きづらい気持ちを抱えていた。でも任された仕事なので三日に一回は顔を出すが、壬生さんが不在なことが増えていた。顔を見ないほうが変な気持ちにならなくて、今は楽だ。

スナックの掃除をしている間、虎鉄は一人で遊んでくれている。ソファの上で、レンジャーのフィギュアを戦わせている。

「よし終わった。虎鉄帰ろうか！」

「おうどん食べたい……」

「そうだね。夜はおうどんにしよう」

「うん……」

壬生さんがいないから元気がないみたいだ。

仕事を終え帰宅して、すぐに夕飯を作る。お風呂に入ってても夕飯を食べていても、虎鉄はぼんやりとして覇気がない。いつもはおかわりをするくらい大好きなうどんも食べきれず、残してしまった。

「……あんまり食欲ないねえ」

壬生さんがいないから元気がないと思っていたけれど、体調が悪いのかと心配になってくる。額をさわっても、そこまで熱くはない。念のため熱を測っても、平熱より少し高いくらいだ。

「今のところ熱はないか……」

でも明らかにいつもと違うので、体調が悪いのは確かだろう。もし明日の朝に熱が高くなったら、病院に連れていこう。

「今日は、はやく寝ようか」

「……ん」

心配なので私も早々に片付けを終えると布団に入り、虎鉄と一緒に眠ることにした。

数時間後、か細い声が聞こえてきて、目を覚ました。

「か、か……」

虎鉄に視線を向けると、見るからに苦しそうにしていて、息が荒い。

「はぅ……う……」

「虎鉄っ！」

私は慌てて飛び起きる。確認するまでもないけれど、額に手を当てるとひどい熱に驚く。

「……すごく熱い」

時間は、深夜二時。

とにかく苦しそうな虎鉄をまず楽にさせなければいけない。熱を測ると三十九度もある。汗をかいているけれど寒そうに身体を丸めているので、さらに毛布を追加して全身をくるんだ。

虎鉄は熱を出しても元気なことが多かっただけに、今までにないぐったりとした様子に焦りを感じていた。

「う、うえぇ……」

虎鉄が苦しそうにしながら、嘔吐《おうと》した。

「っ！」

初めてのことに、私は焦りで身体が熱くなる。今までがラッキーだったのだろう。虎鉄は身体が丈夫らしく、小さい頃から保育園で病気をもらってくることがほとんどなかった。だから、余計に慌ててしまう。

何かに感染していたら共倒れになるので、マスクと手袋をして吐しゃ物をきれいにする。そしてまた吐いた時のために、洗面器、ビニール袋、古紙などを用意した。

嘔吐した時の対処法を急いでスマホで調べるが、不安でしょうがない。ネットには、吐いた直後は水分をとらせないほうがいいとあり、こんなに苦しそうなのに水分を与えられないのかと不安になる。私は虎鉄の様子を見つつ、病院を探しはじめた。

こんな時間にやっている病院は……。

夜間診療をしている小児科に片っ端から電話をした。でもどこも繋がらない。それなら救急車しかない。でもこの症状で呼んでいいのか、迷いがあった。

「そうだ……」

確か都道府県がやっている救急相談センターというものがあった。一度も電話をしたことがないが、番号を調べてかけてみる。けれど、そちらもいっこうに繋がる気配がない。ネットには二十四時間対応と書いているのに。

「なんで繋がらないの……！」

焦った私は最終手段で、救急車を呼ぶことにした。大袈裟《おおげさ》かもしれない、でも深刻な事態になってからでは遅い。

「あ、あの！　子どもが熱を出して吐いてしまって……」

『熱、ですか……あーすみません。今は、受け入れられる病院が見つからない可能性があります』

「え……」

その返答に、頭が回らなくなる。

『もし緊急性がないようでしたら、様子を見て明日、病院へお願いします』

「え、あの……！」

説明され、言い返すことができずにいると、電話が切れてしまった。救急車を呼んで来ないことがあるのかと、茫然とする。そういえばテレビで、流行り病のせいで急患を受け入れる病院が減っているということを報道していた。緊急性がないかどうかは、素人の私には判断がつかない。だからこそ、診てもらいたかったのに。

「どうすれば……」

虎鉄はいまだ苦しそうにしていて、また嘔吐した。

なんの解決にもならないのに、私は仏壇に視線を向ける。夜は扉を閉めているので、母の顔も高虎さんの顔も見ることができない。

私は母親なんだから、しっかりしなければいけない。

虎鉄を一人で育てると決めた時から、覚悟しなければいけなかったことだ。深呼吸をして、両手で自分の頬を叩いた。

私がすべきなのは、虎鉄をつきっきりで見ていること。熱を下げるために、虎鉄を楽にするためにできる限りのことをするしかない。

「虎鉄、少しがんばってね」

「う……かあか……」

は、は、と呼吸を荒くして涙目になっている虎鉄を見ていると、私まで泣きそうになる。

ふと、壬生さんのことが頭に浮かんだ。

そういえば、彼が連れてきたお医者さんはどこの診療所の人だったのか。他の病院がだめなのだから、きっと無理なのだろうけれど、確認しておいても無駄ではない。

こんな時間に迷惑だろう。でも、頼れるのは壬生さんしかいなかった。

藁《わら》にも縋《すが》る思いでスマホを操作し、壬生さんに電話をかけた。頭の片隅で、きっと出ないだろうなと思っていても、わずかな期待に賭けていた。

数回のコール音の後、通話が繋がった。

『……はい、壬生です』

壬生さんの声を聞いて、救われる気持ちになる。

「や、夜分遅くすみません、百瀬です！」

『はい。どうされましたか？』

「あの、虎鉄が熱を出して吐いてしまって、でも病院がどこも繋がらなくて……あの、先日のお医者さんに診てもらうことはできませんか？」

早口だし、言葉に詰まってしまうし、最悪だ。でもいつもの冷静な壬生さんの声が聞こえてくる。

『……わかりました。今から連れていきます』

力強い言葉に励まされ、少しだけ冷静になることができた。

『スナックの近くに着いたら連絡するので、案内をお願いします』

「わかりました！」

壬生さんが来てくれるまで、私は虎鉄の傍を離れず、様子を見続ける。少しして壬生さんから電話があり、家の場所を教えるために通話は繋げたままにした。古いアパートに案内するのは恥ずかしいけれど、そんなことを気にしている余裕はない。

最初の電話から十五分ほどで、壬生さんたちが到着した。壬生さんはあのお医者さんを連れてきてくれている。

「妃奈子さん、こんばんは」

「すみません、深夜に……」

スーツ姿の壬生さんの後ろには、例のお医者さんがいて、会釈をする。今日も白衣を着て、診療カバンを持っている。挨拶もそこそこに家の中に入り、布団で苦しそうにしている虎鉄に真っ先に向かった。

「高熱と、嘔吐だって？」

虎鉄の様子を見ながら聞くお医者さんの真剣な顔に、私はドキドキしながらなるべく冷静に状況を伝える。壬生さんも私の隣で心配そうに虎鉄を見ていた。

「……はい。夜になって急に熱が上がり、二回吐きました」

「食欲は？　水分はとらせてないか？」

「調べたら、何回か吐いたら水分をとらないほうがいいとあったので……」

私が恐る恐る答えると、彼は頷いた。

「……失礼」

虎鉄のパジャマを脱がし、聴診器を当てる。それからいろいろなところをさわり、様子を診てくれている。

「腹痛があれば胃腸炎の可能性もあるが、なさそうなので通常の風邪だろう。子どもの風邪は嘔吐もあり得る。むやみに解熱剤を使う必要もないので、通常の熱の対処法でいい。明日には落ち着くだろうが、朝になっても熱が下がらなかったら、かかりつけの病院へ」

「はい。ありがとうございます」

お医者さんに診てもらい、ようやく肩の力が抜けていく。

その後、少し落ち着いた虎鉄が脱水症状になってはいけないと、経口補水液をスプーンに乗せ、少しずつ口に含ませてくれた。なるほど、そうやって飲ませればいいのかと頭の中でメモを取る。

「……とりあえず、よかった……」

壬生さんの手が、私の背中を撫でる。見上げると、彼は労わるような瞳をしていた。

「本当にありがとうございました。あの、お名前を伺ってもよろしいでしょうか」

もしかすると、これからお世話になるかもしれない人だ。診療所の場所だって、調べておきたい。

「名乗るほどのものでは……いや、中津冬樹《なかつふゆき》だ。小さな診療所をやっている」

初対面の時はもっと年齢がいっていると思ったけれど、前髪で顔がよく見えないながらも真正面で会話をすると、思ったよりも若い男性だった。壬生さんよりも少し年上の、四十代前半くらいだろう。

「私も以前から世話になっているんです」

壬生さんは懐かしげに目を細める。

「そうなんですね。順子さんも信頼しているみたいでしたから、つい頼ってしまって。申し訳ないです」

あの時もそうだけど、今も淡々として落ち着いているので頼もしい。

「構いませんよ。中津先生はいつ呼んでも来てくれますから」

「おい。それは言いすぎだ。一人でやってるんだぞ」

中津先生は銀縁メガネをくいと上げながら声に焦りを滲ませる。二人はとても仲がよさそうだった。

中津先生は年配という感じではないのに、白髪交じりの髪に細身だからか少しくたびれた印象がある。こんな時間に連れだしてしまったので、余計に疲れているのかもしれない。

じっと二人を見ていると、先生と目が合った。

「……ところで、二人はどういう関係だ？」

「えっ」

私と壬生さんは顔を見合わせる。どう説明したらいいか迷っていると、壬生さんが先に口を開いた。

「順子さんが苦しんでいる時に、店にいてもらっていた方です。それから何かとお世話になっています」

「……ああ、そういえばあの時にもいたな。世話になった」

「いえ……」

順子さんと中津先生、そして壬生さん。いったいどういう関係なのか、さらに気になってくる。

「では私はそろそろ」

仕事が済んだとばかりに、中津先生は診療カバンを持ち玄関へ向かう。壬生さんと私も、彼を追った。

「送ります」

さっさと帰ろうとする中津先生に、壬生さんが声をかける。

「いや、いい。彼女たちについていてくれ」

先生はクールに立ち去っていく。

「ありがとうございました！」

中津先生を見送り、また虎鉄のところに戻る。

先ほどよりも苦しくなさそうだ。まだ熱はあるようだけれど、すやすや眠っている虎鉄を見て、深く息を吐く。

「壬生さんも、すみませんでした。こんな時間に……」

「いえ。ええと、お邪魔しています」

今さらの会話に、くすりと笑った。

私は慌てて温かいお茶を淹れ、「どうぞ」と言って出した。

「恐縮です」

「こんな狭い部屋に、すみません」

「いえ。不思議と落ち着きます」

お世辞にしても無理がある。

私の古いアパートに壬生さんがいるのは、かなり違和感がある。しかも、壬生さんはいつものスーツ姿だ。わざわざ着替えたにしては到着がはやかった。

「もしかして……お仕事中でしたか？」

「いえ。会社で仕事をした帰りでした。車でそのまま中津先生を連れてこられたのでちょうどよかったです」

「こんな遅くまでお仕事を……」

「いつものことです」

それならはやく家に帰りたいだろう。悠長にお茶を出している場合ではなかった。

「すみません。もう大丈夫ですので……」

「いえ。私は問題ありません。もう少し様子を見てから帰ります」

壬生さんは虎鉄を心配そうに見てくれている。

「そういえば、先生に言われてコンビニでいろいろ買ってきました」

壬生さんは、中身がいっぱい入ったビニール袋を渡してくれた。

中には先ほど中津先生が飲ませていた経口補水液がさらに数本と、ゼリー、リンゴジュースなどがたくさん入っていた。来てくれただけではなく、こんなものまで用意してもらっていたなんて。

「……ありがとうございます。壬生さんには、いつも助けられてばかりですね」

「そもそも、私たちのほうが先に妃奈子さんに助けてもらいましたから。スナックの掃除も助かっています」

私がしたのは些細《ささい》なことだ。壬生さんには本当に助けられていて、感謝してもしきれない。困った時は、いつも彼がいてくれる。

「それより疲れてるでしょう。少し休んでください」

「いえ。虎鉄を見てないと……」

今日は眠れる気がしないし、眠るつもりもない。それに、もうあと数時間したら朝になる。

「虎鉄くんは俺が見ています。少しくらい寝てください。明日も休めないでしょうし」

壬生さんの気持ちはうれしい。眠気はないけれど、精神的な疲労はあった。でも、心身ともに疲れているのは壬生さんのほうだろう。突然深夜に呼び出してしまって、さらに甘えることはできない。

「でも壬生さんのほうこそ、遅くまでお仕事で疲れてるじゃないですか。それを私が呼び出してしまって……」

「私のことはいいんですよ。鍛えてるので体力はありますから」

壬生さんがわざと胸を張り冗談っぽく言う。思わずくすりと口元が緩んだ。これほど言ってくれるのだから、少しだけ休もうと頼らせてもらうことにした。

「じゃあ、十五分だけ横になっていいですか」

「そうしてもらえると私も安心できます。おやすみなさい。何かあったら起こしますので気兼ねなく」

私はもう一度お礼を言い、布団に横になった。

どうせ眠れないと思っていた。でも、横になるとうつらうつらとしはじめる。

深夜に、男の人が家にいるのに寝るなんてことをしていいのかという迷いはあった。でも、壬生さんが家にいることで緊張しているはずなのに、やけに居心地がいい。

気がついたら、私は眠っていた。

◇◇◇

眠っている妃奈子さんを見つめていた。

以前から、彼女は疲れていると思っていた。だから少しだけでも眠ってくれてよかった。

隣で寝ている虎鉄くんも、呼吸が安定してきている。妃奈子さんから電話が来た時は、子どもの高熱という慣れないことで俺も焦ったが、中津先生のおかげで落ち着いたみたいだ。

妃奈子さんが目を閉じてから十五分は経ったが、俺はそのまま彼女を見つめ続けた。

三十分が経過した頃、妃奈子さんがゆっくりと瞼を開いた。

「あ……あれ？」

彼女は時間を確認してしばらく静止してから、勢いよく起き上がった。

「三十分も経ってるじゃないですか！　ごめんなさい！」

虎鉄くんを起こさないように小声ではあるが、慌てている。

「いえ。寝顔を楽しませてもらったので、問題ありません」

妃奈子さんは目をまるくしている。寝起きだからか俺の言葉をゆっくりと理解し、時間差で頬を染めている。

「えっ、寝顔、見てたんですか！」

彼女は自分の頬や髪をさわり、慌てだす。可愛い寝顔だったのにどこに焦る要素があるのか。ひとつに結っている髪が乱れているところも、可愛らしい。

「もちろん虎鉄くんのことも、ちゃんと見ていましたよ」

妃奈子さんは虎鉄くんを見て、ほっとしていた。優しい母親の顔だ。俺に向ける視線とはまるで違う。

「では、私はそろそろ帰ります」

「はい。今日は本当にありがとうございました。必ずお礼をさせてください」

妃奈子さんは大袈裟なくらいに、深く頭を下げる。俺は彼女の肩をぽんと叩き、すぐに顔を上げてもらった。

「また連絡ください。俺も二人のことが心配ですし……。お礼も楽しみにしてます。虎鉄くんにもよろしく」

「もちろんです。壬生さんたちが助けてくれたよーってちゃんと伝えますから！」

彼女の勢いにくすりと笑った。俺たちがここに着いた時からはだいぶ顔色がよくなっていて、心の内で胸を撫で下ろした。

妃奈子さんの家を出ると、寒さにコートの前を強く引き寄せる。呼吸をしているだけで白い息が暗い空に広がっていく。すぐ車に戻り、エンジンをかけ発進させた。

妃奈子さんと初めて会った時、親切で好感の持てる人だと感じたが、二度と言葉を交わすことはないだろうと思っていた。そもそも女性と関わることのない人生だ。そんな女性の扱いも知らない俺に対して、彼女は丁寧に接してくれた。

あくまでそれは、相手が俺だったからではなく、人のため。そして我が子のため、だろう。

そんな彼女を俺は、いつしか目で追うようになっていた。虎鉄くんのことを何より大切にしているのはわかっている。きっと、亡くなった旦那のことも忘れてはいないだろう。

でも俺は、妃奈子さんの支えになりたい。頼ってほしい。

誰かに対してそう思ったのは、初めてのことだ。

自分の気持ちには正直でありたい。すぐにスマホを手に取り、迷惑も考えず、親父にメッセージを送った。


翌日、昼過ぎに会議を終えた足で、親父の家に向かった。

相変わらず大きな屋敷で、特にそれを囲む白く高い塀に圧倒される。門には【壬生】と太く堂々と威厳のある文字で書かれた表札がかけられていて、ここまで目立たせなくてもいいだろうに、と毎回思う。

事前に連絡をしていたので俺が来ることはわかっているはずだ。客間に入り挨拶をするとすぐに頭を下げた。

「婚約解消をお願いしにまいりました」

「詳しく聞こうじゃないか」

親父は厳しい顔をしたまま頷いた。

白髪交じりのすっきりした短髪で、険しい顔には迫力がある。身体を鍛えることを怠らず、六十近いのに腹も出ておらず、姿勢がいい。家では和服を着ていることが多く、見るからに重鎮の雰囲気がある。俺はこの人を心から尊敬している。

応接用のソファに座った俺は、嘘偽りなく、妃奈子さんのことを話した。どれだけ惹かれているか、どれだけ素晴らしい人かを伝えるのに、言葉を尽くした。

すべては、婚約破棄のためだ。

しばらく黙っていた親父は話を聞き終えると、ひと口お茶を飲んでから口を開く。

「要が初めて自分で選んだ相手だろう。私は反対しない」

「……ありがとうございます」

俺は膝に手をつき、深く頭を下げる。

「まあ、染谷《そめや》のほうに何か言われても気にするな。それはこちらの問題だ」

「……恐れ入ります」

親の決めた婚約者が、染谷亜里沙さんだった。

裏でどんな会話があったのかは知らないが、女性に興味のなかった俺は、親父のためにも婚約を受け入れた。今さら惹かれる女性に出会えるとは、想定外だった。

「それで、その相手とはいつ結婚するんだ。一度会わせてもらいたいな」

「……いえ。そこまでではなく、まだ自分の気持ちを伝える段階で……」

「なんだと？」

親父の目が光る。威圧感があり、俺でも恐怖を覚える目つきだ。

「気持ちを伝える前に婚約解消しておかないと、筋が通らないと思いまして」

親父はため息を吐いた。

「……振られたらどうするつもりだ？」

「それは仕方がないと思います」

俺を受け入れるかどうかは、妃奈子さんが決めることだ。気持ちを伝えたからといって、うまくいくとは正直思っていない。

「なるほど。私はてっきり、すでに結婚前提かと思った」

親父は額に手を当て、またため息を吐く。

俺は順番を間違えてしまったのかとあらためて考えるも、やはり妃奈子さんに気持ちを伝えるなら、まず婚約解消をするという選択しかない。

「申し訳ないです」

「いや、要らしい」

「これから、亜里沙さんにも話をするつもりです」

親父よりも、亜里沙さんのほうが納得してくれるか心配だ。親が決めた婚約者だというのに、彼女はなぜか俺をとても気に入ってくれている。

「ああ。彼女が要に惹かれているのは間違いない。だから、気をつけろよ」

「……はい」

俺は親父の家を出るなり、亜里沙さんに電話をかけた。

自分から彼女に電話をするのは初めてのことだった。そのせいか彼女の声はやけに弾んでいた。

すぐに会いにいくと告げ、彼女の元へ向かった。

亜里沙さんは二十七歳で、親の会社で働いている。仕事が終わるまで待ち、一緒にカフェに入った。

「要さん、相変わらずかっこいい！　ダークグレーのスーツもすっごく似合ってる」

注文したドリンクを待つ間、亜里沙さんはキラキラした目でじっと俺に視線を送ってくる。あからさまな彼女の好意に、胸が痛む。

「……ありがとうございます」

彼女はいつも全身をハイブランドで固めている。たびたび強請《ねだ》られるので、ブランドに詳しくない俺ですらその名を覚えてしまった。服だけではなく、胸元には大きなピンクダイヤのネックレスが輝いている。

「あ、来たぁ～」

注文したコーヒーとミルクティーが来ると、亜里沙さんはご機嫌なままカップを持ち、飲んだ。会うたびに爪には違うデザインが彩られている。今日は濃いピンクに装飾のあるネイルで、身だしなみにこだわっているのがわかる。

「亜里沙さん、申し訳ありません。婚約を解消してください」

「……は!?」

俺はコーヒーを飲む前に、頭を下げた。亜里沙さんの声が店内に響く。周囲に注目されていることに気づいた彼女は、恥ずかしくなったのか顔を赤くして声を潜《ひそ》める。

「な、何言ってるの？　だって、パパたちが決めたことなんだよ？　今さら婚約解消なんて、できるわけないでしょう」

「……親父には、承諾を得ました」

「え……」

「染谷さんにも、話をつけてくれるそうです」

すでに手回しを終えているため、彼女は言うことがなくなったみたいだった。

「……要さんは、壬生さんに言われたことは絶対なのに、どうして？　理由を教えてよ！」

俺は正直に答えるべきか少し悩んだ。しかし親父にはすでに正直に話したのだから、嘘を吐いても無駄だろう。

「大切な人ができてしまいました」

そう伝えると、亜里沙さんの顔が赤くなる。先ほどの恥ずかしがっている顔ではなく、怒っている顔だった。突然婚約破棄なんて、怒るのは当然だろう。耳元の長いピアスが激しく揺れている。

「……この前の、スナックにいた女？」

「それは、言えません」

肯定も否定もしないでいると、彼女は鼻で笑った。

「言ってるようなものね」

亜里沙さんは、水の入ったグラスを掴んだ。来る、と思った次の瞬間に、グラスの水が俺の顔に浴びせかけられた。

「最低！」

亜里沙さんは怒りを堪えきれない様子で立ち上がり、店を出ていった。

残された俺は、店中の注目の的になっている。彼女を傷つけてしまったのは申し訳ないけれど、これだけはどうしても譲れなかった。

俺は持っていたハンカチで自分の顔を拭き、髪をかき上げた。不思議と爽快感があった。

これで、妃奈子さんに気持ちを伝えられる。

◇◇◇

虎鉄の具合がよくなるまで、スナックのバイトは休ませてもらっていた。

仕事も柔軟にテレワークで対応してもらい、虎鉄の傍にいることができている。私を取り囲む心優しい環境には、感謝ばかりだ。

「虎鉄ーリンゴジュース飲む？」

「のむー！」

壬生さんが買ってきてくれた果汁百パーセントのリンゴジュースをストローのつい

たプラスチックカップにうつし、虎鉄に飲ませる。

「もうすっかり元気だね」

「あい！」

虎鉄が熱を出してから三日。すっかり熱は下がった。

あの日は焦りすぎてしまった自覚があるけれど、後悔はしていない。念のため救急にもう必要ないと報告の連絡をしたが、私たちのことはすっかり忘れ去られていたみたいだった。あのままじっと待っていて、虎鉄に何かあったら、一生後悔するところだった。

あのあと壬生さんからは何度も連絡をもらい、昨日はお見舞いにも来てくれた。豪華なフルーツの盛り合わせを置いてすぐに帰ってしまったけれど、虎鉄の心配だけではなく、同時に必ず私の心配もしてくれる。

私は日に日に、彼への気持ちが大きくなっていくのを感じていた。

でも、だめだ。

私には虎鉄がいるし、高虎さんのことを忘れたくはない。

それに、壬生さんには婚約者がいる。だからこれは、どうすることもできない感情だ。消えていくのを待つしかない。

虎鉄が保育園に通えるようになって、久しぶりにスナックに顔を出した。壬生さんは変わらず、そこで仕事をしていた。

私が入るなり、壬生さんは立ち上がった。

「お久しぶりです、妃奈子さん」

「あ……お、お久しぶりです」

壬生さんは虎鉄の顔を見て、安心したように優しく微笑んだ。

「虎鉄くんも、久しぶりだね。元気になったかな？」

「かなめー！」

虎鉄が手を伸ばすので、壬生さんが抱っこをしてくれた。久しぶりの壬生さんに、虎鉄はとてもうれしそうだ。

「今日は掃除を終えたあと、またここで夕飯を作りたいんですけど、いいですか？壬生さんにお礼をしたくて……」

今日はスナックに寄る前に、買い物を済ませている。虎鉄にも了承済みだ。もし壬生さんが不在であれば家で使えばいいと思っていたけれど、無事お礼をすることができそうだ。

「もちろん。ぜひお願いします。楽しみです」

壬生さんの態度には、どこか違和感があった。

前よりもわかりやすく好意的というか、感情が顔に出ているというか。彼への気持ちを自覚した私にとっては、戸惑うばかりだった。

前回は和食で喜んでくれたので、今回は洋食にすることにした。

先日よりも壬生さんの顔色はいい。今日は胃に優しいものではなくて、さらに元気が出るものを作りたい。

虎鉄も好きな、オムライスとハンバーグにしよう。サラダとスープを添えれば、充分だろう。


「……子どもっぽいですかね」

出来上がった料理をテーブルに並べてみてから思った。あまりに子ども寄りのメニューだったかもしれない。

「いえ。家庭料理に飢えているので、うれしいです。おいしそうだ」

「やたー！　はんばーぐ！」

虎鉄はぴょんぴょん飛び跳ねて喜んでいる。

手を合わせて食べはじめると、虎鉄はがつがつと夢中になって食べてくれた。

「……うまい」

壬生さんの口にも合ったみたいで、よかった。

「こんなにおいしいものが作れるなんて、尊敬します」

「いえ、普通ですから……」

私が作るものは、ごく一般的だ。母が持っていた料理本をボロボロになっても使っているので、むしろ情報は少し古いかもしれない。けれど、母の味を大切にしたいし、アップデートしていく時間もない。特に洋食は苦手なので、出した相手に喜んでもらえるまでいつも不安だ。

それでも高虎さんは喜んでくれていたし、今は目の前で虎鉄も壬生さんも、おいしいと言って食べてくれている。それで充分だ。

「とてもおいしかったです。ごちそうさまでした。食費払います」

「いえ。先日のお礼ですから」

ようやく少しでもお返しをすることができてよかった。こんなことでは足りないほど、感謝しているけれど。

「中津先生にもお礼をしにいきたいのですが、診療所の名前って……」

インターネットで医者の名前を検索しても、出てこなかった。お礼なり支払いなりをしにいこうにも、どこへ行ったらいいかわからない。

「中津診療所です。ただわかりづらい場所にあるので、行く時は私も同行します」

「……わかりました。お願いします」

食器を洗っているうちに、満腹になった虎鉄はソファにもたれかかり眠ってしまった。ハンバーグのソースが口元についていて、さっとティッシュで拭う。すぐに起こすのはかわいそうなので、少し休んでから帰ることにした。

でも、壬生さんと二人きりの状況に、妙に緊張する。この店は人や車の通りが少ない道にある。しかもカラオケの設備が整っているので、ある程度防音もしっかりしている。そのため、店内はひどく静かだ。

会話が途切れ、シンとした時間が流れていた。壬生さんの雰囲気がどこかいつもと違っていて、さらに緊張が高まる。

「妃奈子さん。突然なんですが、話があります」

「は、はい」

壬生さんが改まって、私を見つめる。その真剣な瞳に鼓動が高鳴り、自然と背筋が伸びた。

「……俺は、妃奈子さんに惹かれています」

胸の鼓動がどくんと跳ねた。壬生さんが、いつもとは違う顔で、『俺』と言った。クールな顔に隠れている男性らしさが滲み、動揺する。

突然何を言いだすのかと、頭がついていかない。

「だから、もっと妃奈子さんのことを知りたいと思っています」

気持ちはうれしい。私も同じ気持ちだった。でも、彼のこの言い方はただの友人として仲良くなりたいというわけではなさそうだ。

「あの、でも壬生さんは婚約されてるのでは……」

「染谷亜里沙さんのことですね。彼女との婚約は解消してきました」

「ええっ！」

大きな声を出してしまい、遅いけれど咄嗟に自分の口を覆った。寝ている虎鉄を起こしたくはなかった。特に、こんな話をしている今は。

「親の言うままの婚約者だったんです。俺は今まで女性にあまり興味がなく、親が喜ぶならと承諾していました。ですが俺は今、妃奈子さんに惹かれてしまっています。きちんと親にも亜里沙さんにも、それを伝えてきました」

そこまでしてくれるなんて。

純粋に、喜びが満ちていくのを感じていた。それでも、まっすぐ壬生さんの胸へ飛び込んでいけるほど、私の心は単純ではない。私は、大切なものを抱えている。

「でも、私は……」

「虎鉄くんや、前の旦那さんのことがあるのはわかっています。でも女性の扱いに不慣れな俺ですが、妃奈子さんともっと近づきたいんです」

私も壬生さんに惹かれていた。もっと知りたい気持ちは強い。でも、今は迷いがある。抑えつけなければいけないと思っていた気持ちと、折り合いがつかない。

「……少し、考えさせてください」

考えなくてはいけないことが、たくさんある。

虎鉄のこと、それから高虎さんのこと。

自分の気持ちよりも、何より虎鉄の気持ちが第一だ。

「わかりました。考えてくれるだけでうれしいです」

壬生さんが私を安心させるように微笑む。猶予をくれる返事に救われる。

「ありがとうございます」

虎鉄に視線を落とすと相変わらず、すやすやと眠っている。罪悪感や、虎鉄に父親がいないという切ない気持ちが複雑に混ざり、起こさないよう優しく頭を撫でた。

「いつか、妃奈子さんの旦那さんについても知りたいです」

彼は私のすべてを包み込もうとしているのか。懐の深さに驚く。

「実は……婚姻届は出してないんです。その前に亡くなってしまって」

「そうだったんですね」

だから私は、彼の姓を名乗れない。そのことが悔しい。虎鉄を撫でながらうつむいていると、横から強い視線を感じる。顔を上げたら優しい瞳と目が合い、胸が鳴る。

彼はいつも、こんな目で私を見てくれているのだろうか。

「……妃奈子さん。よければ今度、出かけませんか」

彼の誘いに戸惑う。気持ちを伝えられたあとでは、今までと意識が変わる。

「もちろん三人で。ドライブがてら、動物園とか水族館とか。虎鉄くんと二人ではなかなか行けないところにでも」

虎鉄も一緒なら、と口に出す前に壬生さんが提案してくれた。私一人では相手をするのが大変で、連れていけないところはたくさんある。壬生さんは虎鉄に新しい世界を教えてくれそうだ。

「それは、ありがたいです」

虎鉄も喜びそうな提案に、承諾した。休日は公園くらいにしか連れていけていないので、その誘いはありがたかった。

「それじゃあ今日は、帰りますね」

このまま壬生さんといると、自分の思考が急激にぐらつく気がした。私は眠っている虎鉄を抱き上げる。

「はい。話を聞いてくれて、ありがとうございました」

店を出て、ぼうっとしながら自転車に乗り家に帰る。

虎鉄を布団に寝かせると、むにゃむにゃと何か言いながら、目を覚ました。

「かなめはー？」

「もう家だからいないよー。お風呂入ろっか」

「ん～……かなめとあそびたい～」

そう言うと、布団の上でごろごろと転がっている。

虎鉄は飽きもせず、壬生さんにべったりだ。虎鉄にとっては、壬生さんと一緒にいる時間が増えるのは喜ばしいことなのかもしれない。でも、彼と私が恋人になるというのはまた別問題だろう。

「虎鉄……壬生さんのことどう思う？」

こんなことを聞かれても、わけがわからないだろうけれど、そんな言葉が口をついて出ていた。

「かっこよくてだーいすき！　ブラックみたいだもん！」

「そっか……」

虎鉄からしたら、遊んでくれるお兄さん程度の認識だろう。そんな理由で付き合っていいのか、悩むところだ。

虎鉄優先にすれば問題ない？　でもそこに恋愛感情が入ると、虎鉄が嫌な気持ちになることがあるかもしれない。私は高虎さんの遺影に、視線を向ける。

どうすればいいかな……。

「ねえねえ、かあか」

「んー？」

「こてつの、とおとは、かなめ？」

なんてことを言いだすのかと、変な汗が噴き出た。

「違うよ？　虎鉄のお父さんは、あの写真の人。高虎さんだよ」

「ん〜〜」

ピンとこないのも仕方がない。だって、高虎さんは虎鉄が生まれる前に亡くなってしまった。顔は写真でしか見たことがない。そんな人がお父さんだなんて言われても、虎鉄の年齢では理解できないだろう。

「かなめがいー」

「……え？」

虎鉄はまたごろごろと転がり、それ以上のことは何も言わなかった。それが虎鉄の正直な気持ちなのだとしたら、少し寂しい。

私はまだ、高虎さんのことを愛している。

でも、壬生さんにも惹かれてしまっている。

この複雑な気持ちに、今はいくら考えても答えが出ない。


日曜日。壬生さんに誘われて、さっそく三人で動物園に来ている。

「わあ……！」

「こら虎鉄！　走らない！」

私ははしゃぐ虎鉄を追いかけた。

動物園に来るのは初めてだった。今まで図鑑で見ていた動物たちが目の前にいることに、興味津々の興奮状態。いつも以上に目を離さないようにしなければ。

「ありがとうございます。なかなか遊びにくる余裕がなかったので、助かります」

「いえ。俺も妃奈子さんたちと出かけたかったので。……今日の服、とてもお似合いです」

「……ありがとうございます」

動物園なので、動きやすい格好を選んだ。

でも、壬生さんと休日に会うことを意識してしまった。カットソーにジーンズというういつものラフな格好ではなくて、少し女性らしさを加えた。オフホワイトのブラウスにきれいな水色のカーゴパンツ。とはいえ、コートを着ているのであまり見えない。

虎鉄も張り切っていて、一番のお気に入りの、デニム生地のサロペットを着ている。

いつものトラのポーチを下げ、朝からはしゃいでいる。

でも、私たちよりも、壬生さんだ。

「壬生さんの私服も、初めて見ました。あの……素敵、です」

壬生さんは黒のハイネックにベージュのコート、黒のテーパードパンツというシックな装いだ。大人の男性という感じで、かっこいい。でも靴は黒のスニーカーで、抜け感もまたいい。こうして立っているだけで、女性の視線を痛いほどに感じる。

「……妃奈子さんにそう言ってもらえて、うれしいです」

褒め合いは、照れる。

「かあか！　かなめ！　はやくー！」

「は、はーい！」

タイミングよく虎鉄が来てくれて、ほっとした。

虎鉄の先導によって、ゾウ、キリン、パンダなどを見ていく。休日なので家族連れが多く、私たちはどう見えているのだろうと気になった。

「虎鉄くん、迷子にならないように手を繋ごう」

「あい！」

虎鉄は素直に、壬生さんの手を取る。そして私を見た。

「かあかも！」

「……うん」

虎鉄の小さな手を握る。広々とした道で、虎鉄を挟んで三人で手を繋ぐ。真ん中の虎鉄はすごくうれしそうで、胸がきゅっと締め付けられる。一人では、虎鉄の両手をいっぱいにしてあげられない。憧れていた光景に、泣きそうになった。

「妃奈子さん？」

ぼんやりしていて、壬生さんの声にハッとする。

「あ、すみません。行きましょう」

「トラー、トラさんどこー！」

虎鉄は私たちの手を引き、走りだしたくてたまらないみたいだ。私たちは小走りで虎鉄についていく。

壬生さんが連れてきてくれたのは、都内一大きい有名な動物園。定番人気の動物はもちろん、めずらしい小動物や鳥類、爬虫類《はちゅうるい》など、百二十種類もの動物がいるらしい。自然が多く、園内にはふれ合い広場や飲食店も充実していて、一日中過ごせる場所だ。日曜日だからか家族連れが多く賑《にぎ》わっているけれど、広々としているから窮屈さは感じない。初めて来たけれど、大人の私でもすでに心躍る場所だと感じている。

目を輝かせた虎鉄が、手を繋いだままどんどん進んでいく。

入り口付近にはレッサーパンダや猿がいて、虎鉄はめずらしげに見ている。今まではどうぶつ図鑑やテレビで見たことがあるだけだったので、実物を見るのは初めてだ。

「わぁ……」

虎鉄は口を開け、動物たちに夢中になっている。私も動物園なんて小学校の遠足で来たくらいなので新鮮だ。

「虎鉄、すごいねえ」

「うん……」

初めての動物園は想像以上に楽しいらしく、お目当てのトラではなく最初の猿から夢中になり、ずいぶん長いこと眺めている。こんなに広い動物園では、すべて見て回るのに時間がかかりそうだ。

「そういえば、俺も動物園は初めて来ました」

壬生さんも木に登る猿を眺めながら口を開く。

「そうなんですか！　遠足とかでも来ませんでしたか？」

「え？　あ、あぁ……あんまり覚えてないですね」

子どもの頃の話だ。私も動物園に行ったことがあるくらいで、詳細な記憶はない。

ゆっくり歩きながら、虎鉄が満足するのを待っている。ずっと三人で手を繋いでいるのは周りの邪魔になりそうなのでやめることにした。背が高い壬生さんは後ろの人たちに遠慮をして、動物を見ている間は私たちの少し後ろに立っていた。

猿の次はゾウやキリン、ライオンなど、人気の動物だ。さすがに奥に進むにつれ、人が増えていく。比例するように虎鉄はご機嫌になり、スキップをする勢いだ。

「次はなんだろうねぇ」

「あ！」

虎鉄が大きな声を上げて、指をさした。その先にはトラのマークがある。

「トラだー！」

突然、虎鉄が私の手を離して走りだしてしまった。

「こら虎鉄！」

ものすごい速さで人の間を通り抜け、トラのいるらしき場所に向かっていく。ちょうど展示の周りには人が多く、一瞬で姿が見えなくなる。私は虎鉄が走りだしたと同時に慌てて走るも、隣に立っていた壬生さんのほうが先に走りだしていた。

「俺が行きます」

壬生さんが虎鉄を追いかけ、私も遅れて彼らを追う。目的はトラなのだから迷子になる心配はないかもしれない。でも、先日虎鉄を見失ったことを思い出して、ひやっとした。

予想どおり、トラの展示付近で虎鉄と壬生さんがしゃがみこんでいるのを見つけた。

「虎鉄くん。手を離しちゃだめだよ」

「……あい……ごめ、なさい……」

虎鉄を捕まえた壬生さんは優しく、でも真剣な顔で注意をしてくれていた。あんなに元気だった虎鉄はしょんぼりしている。親族や保育園の先生以外に怒られている虎鉄を初めて見たけれど、素直に謝っている姿に成長を感じる。

「ほら、お母さんにも」

壬生さんが虎鉄の背中をぽんと押した。これではどちらが親かわからない。

「かあか、ごめんなさい……」

「うん。トラさん見つけてうれしいのはわかるけど、人が多いからね、一人で走ったら危ないよ」

虎鉄は神妙な面持ちでこくりと頷いた。大人でもテンションが上がる時はあるので気持ちはわかるが、まだ心配が勝つ。

「よし、じゃあトラさん見よっか！」

「……うん！」

反省はしているようなので、気持ちを切り替えてもう一度しっかり手を握り、トラの展示へ向かう。

「壬生さん、ありがとうございます」

「いえ。あの……二人がよければ虎鉄くんを抱っこしてもいいでしょうか」

壬生さんが遠慮がちに提案してくれる。

「私はありがたいですけど……。虎鉄、壬生さんが抱っこしてくれるって」

「やったぁ！」

虎鉄は両手を上げて、ぴょんと飛び跳ねる。純粋に喜んでいるので、お願いすることにした。

壬生さんが虎鉄を軽々と抱き上げる。

「うわあ！　たかーい！」

「これならよく見えるだろう」

「ほんとだぁ！」

一気に視線の高さが変わり、虎鉄はきょろきょろとしている。私が抱っこしても届かない高さだ。肩車ではないので他の人の邪魔になることもない。

壬生さんに抱っこされてはしゃいでいる虎鉄を見て、なんだか胸がぎゅっと締め付けられた。

トラの展示は工夫されており、ガラス越しで間近に見られるようになっている。檻《おり》や柵はなく、視界が邪魔されない。抱っこされながら見ていた虎鉄だけど、もっと近くで見たくなったらしく、下りて壬生さんの手をきゅっと掴みながら、ガラスにへばりつく。

他の子どもたちはガラス越しでさえ怯えているし、大人の私でも少し怖いくらいなのに。怖がるかなと思っていたけれど、虎鉄は目をらんらんとさせ、トラに釘付けになっている。

「かっくい～……」

虎鉄の名前は、高虎さんからもらっている。だから、トラには私も思い入れがあった。トラのように逞しくてかっこいい高虎さんを思い出す。

虎鉄はしばらくその場所から動かなかった。

他に見たい人の邪魔にならないようにと思い、私は少し離れて後ろから虎鉄と壬生さんを眺めることにした。時間が経つにつれ、ちらほらと人が離れていく。するとトラに夢中な二人の姿がよく見えた。

こうしていると、二人はまるで親子だ。

高虎さんへの罪悪感が募るけれど、楽しそうな虎鉄を見ていると私も幸せな気持ちになる。

しばらくすると、虎鉄が何かに気づいたようにして、あたりをきょろきょろと見回している。どうやら私を捜しているらしい。そして私を見つけると、壬生さんを引っ張るようにして走ってくる。

「かあか！　トラすごい！」

「ほんとだね。かあか、ちょっと怖かったよ」

「ぼく、こわくなかったよ！」

虎鉄は自信満々だ。

「虎鉄くんは、本当にトラが好きなんだね」

「うん！　かっこいいもん！」

すっかりトラに夢中な虎鉄は、壬生さんと手を繋いでいるのに今にも踊りだしそうだ。寒いというのに、頬が赤く上気している。

園内の案内図を見ると、動物とふれ合える場所もあるらしい。虎鉄たちが動物と遊んでいる顔を見たいと、興味が湧いた。

「虎鉄、動物さんさわれるって。行く？」

「いきたい、いきたーい！」

虎鉄は両手をブンブンと振り回す。あまりのはしゃぎように、壬生さんが困ったように笑った。

「じゃあ、お昼ごはん食べてから行こうね」

「うん！」

気がついたら時間はお昼過ぎ。どうりで途中からトラを見ている人が減っていったわけだ。

今日は最初、お弁当を作ろうかと思っていたのだけれど、外で食べるには寒く、レストランが多いからか建物内に飲食スペースもないのでそれは諦めた。

そこで、私たちは園内のポップなレストランを選んだ。子ども向けらしく、店内には可愛らしい装飾が施されていて、家族連れが多く賑やかだ。バルーンが飾られていたり、壁紙には動物たちのキャラクターが遊んでいる場面が描かれていたりと、見ているだけで楽しくなる空間になっている。

お昼の時間から少しずれた二時に入ったため、ほどよく空いていて広いソファ席へ案内された。子どもと並んでゆったり座れるテーブル席は、安心感がある。

置かれているメニューを広げるとカラフルで楽しく、絵本を見ているみたいだ。

「わ、ほら虎鉄、すごいよ」

子どもが喜びそうなものがたくさんある。お子様ランチだけでもゾウ、キリン、ライオン、うさぎといった名前がつけられていて、それぞれの動物をモチーフにしたおかずにこだわりが感じられる。お子様ランチだけで何種類もあるのは初めて見た。

もちろん大人が好きそうな、こだわりのパスタやステーキといった洋食、お酒はないけれどノンアルコールビールなどもあって、メニューはとても充実している。

「楽しいお店ですね」

「ええ。子どもたちもみんな楽しそうですね」

周りを見ると、子どもたちはみんな笑顔だ。

虎鉄には、ライオンのお子様ランチを注文した。トラがあればよかったのだけど、残念ながら百獣の王には敵わないみたいだ。私はパスタ、壬生さんはハンバーグセットを注文した。

ライオンのお子様ランチはケチャップライスとナポリタンでライオンの顔を表現していて、その他にミニグラタンやウィンナーなど、子どもも好きのするものばかりだ。虎鉄は最初、ライオンを崩すのをもったいながっていたけれど、喜んで食べている。

さらに食べ放題のパンにも夢中になっていて、特にふんわりとした、まんまるい形の白パンが気に入ったみたいだ。私が注文したトマトのパスタソースにつけて食べては、感動している。

こういう顔を見ると、外食も大事なんだなあと思わされる。

「かなめ、これあげる！」

虎鉄が、お気に入りの白パンを壬生さんに差し出した。

「ありがとう」

「かあかも！　いっしょにたべよ！」

そう言って手渡してくれた虎鉄と、三人で白パンをぱくりと口にした。なんだか照れくさくて、壬生さんと目を合わせて笑い合った。

その瞬間にふと、虎鉄にはやっぱり、父親が必要かもしれないと思った。

壬生さんと結婚するとは限らないし、まだ遠い先のことなので考えられないけれど、将来的には、父親がいたほうがいいのかもしれない。

今日はそう思わされることが多く、複雑な気持ちになった。

食事を終えると、さっそくふれ合いコーナーに遊びにいった。小動物ばかりなので、三歳でも楽しめるらしい。順番待ちをして中に入ると、うさぎやモルモットが戯《たわむ》れている。

「虎鉄、やさしーくさわるんだよ。これくらいね」

私ははじめに力加減を教えるようにして、虎鉄の手を導く。

「うん……っ」

虎鉄はめずらしく緊張した顔をして、うさぎの背をそっと、ほどよい力加減で撫でている。

「ふわふわぁ」

「そうだね。すっごく可愛いね」

虎鉄はこくこくと静かに頷く。トラを見ている時とはまた違った優しい表情をしている。私も他の白うさぎの頭を優しく撫でる。ふわふわで手のひらが気持ちいい。大人しい性格らしく、身を委《ゆだ》ねてくれている。日常生活では動物にふれ合うことなんてないに等しいので、撫でているだけで癒やされていく。

「妃奈子さんは、うさぎが好きですか？」

「はい。とっても好きで……」

つい虎鉄にばかり目がいっていたけれど、壬生さんに声をかけられ振り向く。すると、そこには多くのうさぎに囲まれた壬生さんがいた。

「……壬生さんのところに、たくさん集まってますね」

「なんででしょうか……」

壬生さんは首を傾げて困惑している。でも手元は優しく、うさぎを撫でている。彼のような大人の男性にうさぎが集まっている光景には、思わず笑ってしまった。

「かなめ、ずるーい！」

そう言うと虎鉄はうさぎに囲まれている壬生さんの元へ行き、壬生さんに寄りかかりながらうさぎを撫ではじめた。

「本当。ずるいねえ」

「妃奈子さんまで……」

味方がいないとわかったのか、壬生さんは弱りきった表情を見せる。

フラッシュを焚《た》かなければ写真はOKということだったので、可愛い光景に咄嗟にスマホを取り出し、写真を撮った。

「え、あの、写真は」

私がシャッターを切ったことに気づいた壬生さんが、慌てだす。

「ごめんなさい。写真はだめでしたか……？」

「……いえ、だめとかではなく……恥ずかしいだけで」

壬生さんの照れた顔に、胸がきゅんと鳴る。逆に虎鉄はもっと撮ってほしいらしく、

「かあか、こっち！」と私を呼ぶ。うさぎを撫でながら私に向かってピースをしている姿を写真に収めた。

「俺が二人を撮りますよ」

壬生さんの気遣いに、写真を撮る手が止まった。一緒に撮ってもらうという発想が出てこなかったからだ。

思い出のためというよりも、あまりに可愛くて撮ってしまっただけだったけれど、せっかくなら撮ってもらうのもいい。一人親なのでどうしても虎鉄単体の写真が多く、

一緒に写っている写真は本当に少ない。

「じゃあ……」

壬生さんにスマホを手渡したタイミングで、スタッフさんに声をかけられた。

「お撮りしましょうか？」

「いや俺は……」

「お願いします！」

遠慮する壬生さんにかぶせて、咄嗟にお願いしていた。壬生さんと三人での思い出を残したいと本能的に思った。壬生さんは驚いたように目をまるくしている。

「俺も一緒にいいんですか？」

「はい。そのほうが虎鉄も喜ぶので、お願いします」

「……わかりました」

私のスマホをスタッフさんに渡して、三人で写真を撮ってもらった。

私と壬生さんの間に虎鉄が座り、手には乗せてもらったモルモット。壬生さんの足の横ではうさぎが眠っている。いい写真だ。

「みしてー！」

虎鉄は私のスマホを覗き込み、にこにこしている。

「かなめと！　かあかと！」

私の膝に手をついて、足を跳ねさせている。私は写真からなかなか目を離すことができなかった。三人並んで笑っている姿は家族のようで、心がそわそわする。

「そうだね、三人だね。壬生さんにもあとで送りますね」

「お願いします」

なんだか照れくさくて、目を合わせられなかった。

ふれ合いコーナーを出たところにはグッズショップが見えた。虎鉄も気づいたのか、とことことまっすぐショップへ向かう。

「トラ、たくさん！」

ショップ内には園内にいる動物のグッズがたくさんあった。ぬいぐるみなどの定番ものから、キーホルダーや文房具、お菓子まで充実している。動物の種類も豊富で、トラももちろんある。せっかくなら虎鉄に何か買ってあげたい。

「虎鉄、一個だけ選んでね」

「あい！」

虎鉄は特に、トラのマスコットを気に入ったらしい。小さなぬいぐるみにチェーンがついていて、どこにでもつけられそうだ。

「これがいい！」

あんまり高価なものではなくてよかった。大きなぬいぐるみなどを選ばれてしまったら、予算オーバーだ。

「虎鉄くん、これがいいのか？」

私がマスコットを手に取る前に、壬生さんがそれを受け取ってしまった。

「うん！」

「じゃあ俺、買ってきます」

「え、そんな！　悪いですよ！」

今日の動物園代も、食事代も、壬生さんが支払ってくれている。そのうえお土産まで買ってもらうなんてできない。

「いいんです。せっかくだから買わせてください」

「でも……」

「かなめはじぶんの、かわないのー？」

私の躊躇する声に、虎鉄の質問の声が重なる。

「うーん俺はさすがに……」

このショップには、壬生さんが買うようなものはなさそうだ。ギャップとして何か持っていたら可愛いだろうなとは思うけれど……。

「これとか！　かなめみたい！　そんでー……うーんと、これがかあか！」

虎鉄はオオカミとうさぎのマスコットを両手に掲げ、私たちに見せてくる。

「ちょっと虎鉄、ひとつだけだってば」

壬生さんも反対するかと思いきや、三つのマスコットを手に、微笑んだ。

「たしかに、三人の思い出なら揃えて買うのもいいですね」

「おそろい！　おそろい！」

「買ってきます」

そう言うと壬生さんはレジへ向かっていってしまった。

申し訳ないと思いつつ邪魔にならないようにショップの外で壬生さんを待っていると、会計をしている壬生さんを見る女性の視線に気がついた。ただでさえ身長が高く目立つのに、会計を終えて私のほうへ来る彼の姿は、歩いているだけでかっこいい。

注目を集めるのもよくわかる。

「壬生さん……すみません」

「いいんですよ。俺がプレゼントしたかっただけです」

「ありがとうございます……。ほら、虎鉄もありがとうって」

「ありがとーごじゃます！」

　虎鉄は頭をぺこりと下げる。

「すぐつけられるように、タグを外してもらいました」

　そう言うと、壬生さんは虎鉄のトラポーチにトラのマスコットをつけてくれた。私のショルダーバッグにはうさぎ、壬生さんのレザーのボディバッグにはオオカミがついている。特に、壬生さんには意外性がありときめく。

「わあ……！」

　虎鉄は私たちのマスコットを順々に見ては、うれしそうに顔をほころばせている。私も胸の中がくすぐったくなる感覚だ。

　動物園を堪能した私たちはまた三人で手を繋ぎ、出入り口に向かっていく。

　この動物園だけで、一日たっぷりと遊べた。

　壬生さんがいなければ、ここまで心から楽しむことはできなかっただろう。大人が二人いたおかげで余裕があり、虎鉄にも不満ひとつなく喜んでもらえた。こんなにいい日はない。

　壬生さんの車に乗り、虎鉄は後部座席のチャイルドシートへ。壬生さんは今日のために、わざわざチャイルドシートを購入してくれていた。朝、家に迎えにきてくれた時は本当に驚いて、恐縮しつつもしっかりとお礼を伝えた。そんなピカピカのチャイルドシートに上機嫌で座る虎鉄の隣に、私は座った。

「あのね、トラがいたんだよ！　がおーって！」

「トラ、強そうだったねえ」

虎鉄は少しだけ眠そうだけれど、興奮状態なのでおしゃべりが止まらない。

「もう少しだけいいですか？　景色のきれいな公園があるんです」

「はい。ぜひ」

数十分して到着したのは海の見える大きな公園で、芝生エリアや舗装された散歩エリア、展望台などがあり充実していた。昼間に来ても楽しそうだ。

私たちは散歩エリアに行き、等間隔に設置されているベンチに座った。ここからは、海がよく見える。ちょうど日が沈む頃なので、夕日で照らされて絶景だ。

オレンジ色に染まった景色に、感嘆の息が漏れる。

「寒いですよね。どうぞ」

壬生さんが、併設されているカフェでカフェオレを買ってきてくれた。自分にもコーヒーを買っている。虎鉄には紙パックのリンゴジュースをくれたけれど、あいにく待っている間に眠ってしまった。手には、買ってもらったマスコットを握っている。よほど気に入ったのだろう。

右腕で虎鉄を支えながら、左手にカップを持つ。両端に小さいテーブルのついたベンチなので、カップを置けて便利だ。

「ありがとうございます。虎鉄もいるからあったかいです」

体温の高い虎鉄を抱っこしていると、私も温かい。私の左側に壬生さんが座り、眠っている虎鉄を優しい顔で見る。

「虎鉄くんが起きてたら、展望台にも上ろうと思ったのですが……」

「そうですね。また今度にしましょう」

ベンチに座り、カフェオレを飲みながらぼんやりと夕日を眺める。

「今日はありがとうございました。とても楽しかったです」

壬生さんの声に隣を見ると、優しい眼差しが向けられていた。

「私も……。虎鉄も、すごく楽しそうにしてましたし、いいリフレッシュになりました」

虎鉄は、私の胸の中でぐっすりだ。動物園ではものすごくはしゃいでいたので、疲れてしまったのだろう。

これほど充実した休日もめずらしい。壬生さんのおかげだ。

初めて、家族らしい休日を過ごすことができた気がする。外出先で家族連れを見るたび、本当は心が苦しかった。虎鉄に対してだけではなく、私も、家族とのこんな時間を欲していたのだと痛感した。今日のことを思い返すだけで笑みがこぼれるほど、心が満たされている。

カップを置いて二人で黙って夕日を眺めていると、壬生さんの手が、膝に置いている私の左手を握った。

「あっ……」

温かい大きな手だ。左側に視線を向けると、壬生さんと目が合う。何かを訴えかけている目だった。

「急かしてしまい申し訳ないのですが、この前の返事……もらえませんか」

私はひっそりと息を呑んだ。

考えると言ったきり、答えが出せていない。考えても考えても、答えが出ないままだ。でも壬生さんに惹かれているのは事実。

もう、彼に正直な気持ちを伝えるしかない。まず、壬生さんときちんと向き合うために伝えなければいけないことがある。

「……私、忘れられない人がいるんです」

「……はい」

壬生さんは真剣な顔をして、話を聞いてくれている。

「虎鉄の父親です。この世にはもういないけど、一生忘れることはない人です」

壬生さんは黙って頷いた。

私の心拍数が上がっていく。息が苦しくなり、呼吸が浅くなるほど緊張している。

この言葉を伝えたら、もう会えなくなるかもしれない。

でも、伝えずにはいられない。

なかなか彼の目を見ることができず、壬生さんのコーヒーを持つ手へ視線が逃げる。

逞しく大きな手は、虎鉄と私を何度も助けてくれた。

この手を、離したくはない。

私は意を決して、彼の目を見つめた。

「……でも、壬生さんに惹かれてる気持ちは、誤魔化せないんです」

「それは……うれしいです」

壬生さんは自分の口を覆う。照れを隠しているつもりなのだろうけれど、わかりやすい。私までくすぐったくなる表情を見せてくれる。

「だから壬生さんがよければ、私の心がはっきりと決まるまで、お試しの……『仮の恋人』になってくれませんか」

この四年間、こんなに心を動かされた人はいなかった。

でも高虎さんへの思いは、私の中では依然として大きい。

だからまだ、恋人関係になるには時間が欲しい。大人なのに、ずるいかもしれないけれど、この提案を断られたらそれで仕方がない。

「ありがとうございます。その気持ちを知れて……うれしいです。『仮』でもなんでも、妃奈子さんともっと近づけるのなら、俺は構いません」

壬生さんは、私の我儘を受け入れてくれた。

「虎鉄にも話しますけど、嫌がるそぶりを見せたら、なかったことに……」

「わかっています。妃奈子さんがどれほど虎鉄くんを大事に思っているか、理解しているつもりです」

そこまでわかっていて、この人は私を選んでくれた。

「そのお気持ち、とてもありがたいです」

自然と笑みがこぼれていた。

「……緊張しました」

壬生さんが大きく息を吐いた。私相手にそこまでの感情を抱いてくれることはうれしかった。私も全力で応えられたらいいのに。

壬生さんが私の手をぎゅっと強く握る。胸の鼓動がうるさいくらいに鳴り響いている。視線の向けどころがわからず、眠っている虎鉄に視線を落とした。

「妃奈子さん」

名前を呼ばれ顔を上げると、間近で壬生さんと目が合う。

彼の目がまっすぐに私を見つめ、ゆっくりと距離が縮まる。

「あのっ！」

一瞬、高虎さんの顔が浮かび、私は咄嗟に壬生さんの身体を押し返していた。

「あ、あのっ、すみません……」

なんてことをしてしまったのだと、すぐに謝った。でも、壬生さんは首を横に振る。

「まだ『仮』でしたね。すみません、焦りました」

「いえ、心の準備ができてなかっただけなんです。ごめんなさい」

誤解のないように伝えておかなければ、むやみに傷つけてしまう。

こんないい人を、傷つけたくはない。

「わかってます。ゆっくりで構いません」

壬生さんが優しく目を細めて微笑む。

「虎鉄くんがまた風邪をひいてはいけないですし、帰りましょう」

壬生さんは二人分のカップを片付け、虎鉄を抱っこした。そして右手で、私の手を握る。駐車場に停めている車までの数分、壬生さんの手の温もりを感じていた。


車で家まで送ってもらい、ずっと眠ったままの虎鉄を、壬生さんが降ろしてくれた。

「チャイルドシート、本当にありがとうございます。せめて半額払います」

「いえ。これからも使うと思いましたから、問題ありません」

彼はどこか満足そうだ。なぜか私のほうが照れてしまうような、いい笑顔。

「壬生さん、今日はありがとうございました」

「こちらこそ、これからもよろしくお願いします」

『仮』とはいえ、行きとは関係性が変わったことを、嫌でも意識してしまう。彼の表情も、今までと違うものに見える。私も、そうなのかな。

「おやすみなさい」

壬生さんに見送られながら、アパートに入る。

家に帰って虎鉄を布団に寝かせている間も、壬生さんのことを考えていた。

あの時の、近くに感じた吐息と心音を思い出すだけで、鼓動が鳴りやまない。

第五章　傷痕

年末も近づき、バタバタしていた。とにかく忙しく、家に残りの仕事を持ち帰り、片付ける。そんな状況がようやく落ち着いてきたところだった。クリスマスと年末はゆっくり過ごしたい。そのためにはやめに仕事を片付けた。

街中にはクリスマスの軽快なBGMが流れ、街行く人も忙《せわ》しない。スーパーに並ぶ食品はクリスマスやお正月用のものまで置かれはじめて、すっかり年末が近づいているのだと感じる。

「あのね、それでね、サンタさんがね！」

「うんうん」

虎鉄は保育園でのクリスマス会が楽しかったらしく、何度もその話をする。

夕方、虎鉄と一緒にスーパーに寄り、ある場所へ向かっていた。最寄り駅から二駅。駅直結型のタワーマンション。改札を出て屋根付きの通路を行くと、スーパーなどが入っているショッピングモールの横を通り、マンションのエントランスに到着する。利便性が高く、憧れのマンションだ。

「うわぁ……」

マンションに着くとインターホンを鳴らして壬生さんに鍵を開けてもらった。中に入ると、とんでもなく広いエントランスを見渡して声が漏れた。

天井が高く、高級ホテルのようなリッチさだ。受付がありコンシェルジュもいる。奥にはカフェがあって、優雅にお茶をしている人が見えた。エレベーターに入っていく人たちは部屋着のような格好をしていても品がある。

「ここどこー?」

「壬生さんのおうちだよ」

二十四日のクリスマスイヴに、壬生さんの家に招待された。しかも土曜日だということで、お泊まりになった。虎鉄もすごく楽しみにしていた日。

「とおとが、ここにいるの?」

「とおとじゃないよ!」

動物園デートの翌日、虎鉄に壬生さんが『特別な人』になったことを話した。これから一緒にいる時間が増えるかもしれない、と丁寧に説明をした。

するとと虎鉄は疑問を持つことなく両手を上げて喜んでくれた。でも油断をすると、『とおと』と呼んでしまう。さすがの壬生さんだって、それは荷が重いだろう。

「やったあ！　はやく！　いこ！」

「はいはい」

壬生さんの部屋は三五〇七だ。つまり、三五階にある。エレベーターに乗り緊張気味に階数ボタンを押した。ぐんぐんと階数が伸びていく表示パネルを見ていると、どこかのタワーに観光に来ている気分だ。

片面がガラス張りになっていて景色が見えるのだけど、私は少し怖くて外を見られない。虎鉄はその点まったく問題がないようで、目を輝かせて窓に張りついている。

壬生さんの部屋に着きインターホンを押したら、普段着の壬生さんが顔を出した。スーツとも、デートの時の服とも違う、ラフなスタイル。ジーンズに、ゆったりとしたネイビーのパーカーだ。だいぶ印象が変わり、ときめいた。

一方、私たちは初めての高級マンションでのクリスマス会に浮かれ、けっこう気合いが入ってしまっている。ニットのセーターをチェック柄で合わせて、私は赤、虎鉄は緑でクリスマス仕様にした。とはいえ動きやすいことはマストなので、ボトムは白のストレッチパンツだ。虎鉄は、寒いというのに半ズボンがいいと言って聞かなかった。

「壬生さん、こんにちは」

「かなめー！」

虎鉄はさっそく壬生さんの足に抱き着いた。

「ようこそ。迎えにいけず、すみません……って可愛いなあ。妃奈子さんとおそろいですね」

「あまりに楽しみで、合わせました」

そう言いつつ、さすがに恥ずかしくなってしまった。

「二人とも、すごく可愛いです」

壬生さんの柔和な眼差しに胸が高鳴る。

「どうぞ入ってください」

「……お邪魔します。そうだ、言われたものも買ってきましたよ」

「助かります」

もともとは車で迎えにきてくれる予定だったけれど、壬生さんには支度があるらしく、手が離せないとのことだった。さらに、買い物を頼まれたので、マンションに来る途中のスーパーで済ませた。

広々とした玄関を入ると、マンションとは思えない長い廊下を進む。部屋がいくつもあり、失礼だと思いつつも興味津々できょろきょろと見回してしまった。

「すごいマンションですね……」

「セキュリティ重視に選んだら、ここになりました」

それにしても、普通の人ならこんなマンションは選べない。社長だからこその部屋だろう。

「お世話になります。これお土産です。それと、頼まれていた赤ワインも」

今晩は泊まらせてもらうので、途中でお土産を用意した。フルーツの盛り合わせだ。

冬のフルーツのイチゴ、リンゴ、みかん、キウイがたっぷり入ったものを、奮発して買った。普段節約しているぶん、イベントごとでは我慢をしたくない。

「わざわざありがとうございます。あとでみんなで食べましょう」

「このワインは飲むんですか？」

壬生さんは下戸なので、買ってきてほしいと言われて不思議に思っていた。

「いえまさか。ビーフシチューに入れます」

「え？」

壬生さんが料理を？

リビングに入ると、いい匂いが鼻をくすぐる。急に走りだした虎鉄が、部屋の中央まで進んでいった。

「うわあ！　すごい！」

虎鉄の歓喜の声が聞こえてくる。

リビングに入るとまずその広さに驚き、次に窓の大きさや景色の壮観さに目がいった。でも虎鉄は、テーブルにたくさん並べられた料理に夢中になっていた。

ダイニングテーブルとは別のローテーブルには、サラダや鶏のまるごとローストチキン、グラタンなどクリスマスらしい料理ばかりだ。

部屋に入って驚いたのは、それだけではない。そこには、見たこともない大きなクリスマスツリーが置いてあったのだ。本物のモミの木らしく、サンタやトナカイ、プレゼントのオーナメントで装飾されたツリーには、くるりと囲むようにしてさまざまな色でチカチカと光る電飾がつけられている。壁にはバルーンやカラフルな動物がくっついていて、完全なクリスマスモードに気分が上がる。

「これ全部、壬生さんが用意してくださったんですか？」

「はい。クリスマスですからね。普段は殺風景な部屋なので、二人に喜んでほしくて」

「すごい……飾りつけまで……しかもこんな料理、どうしたんですか？」

「全部、俺が……というわけではなく、フレンチのシェフに調理してもらいました。

俺も一応、手伝い程度はしましたが、不器用なもので料理まではなかなか……」

壬生さんが照れ笑いを浮かべる。

「いつもご馳走になっているので、今日くらいはお返ししたいなと思いまして」

「そんな……ありがとうございます」

料理の豪華さよりも、壬生さんのその気持ちがうれしい。けれど、不器用ながら料理に挑戦する姿は見たかったと思った。

「ビーフシチューは、赤ワインがなくて未完成なんです。シェフが忘れてしまったらしく……買いにいく時間もなくて」

壬生さんは後ろ頭を掻《か》き、めずらしく困り顔だ。

「具材の準備はできているので、あとは赤ワインで煮込むだけです。圧力鍋で充分加熱してアルコールを飛ばすので、虎鉄くんも食べられますよ。シェフにしっかり教えてもらいましたから、安心してください」

「それなら、仕上げを手伝わせてくれませんか？」

「たまには休んでください。……と言いたいところですが、助かります」

私は笑顔で頷き、持ってきた荷物をリビングの端に置かせてもらった。

今日は私が料理を作ろうかと提案したのだけど、壬生さんに遠慮された。やはり私の料理では地味だったのかもと残念に思っていたけれど、喜ばせようとしてくれたのだとわかると、うれしかった。でも、ただその厚意を受け取るだけではなく、こうして手伝えることはさらにうれしい。

「シェフより言付《ことづ》かった説明がありますので、私から伝えさせていただきます」

「わかりました！　虎鉄ーちょっと我慢しててねー」

「あーい！」

虎鉄の声は元気だ。

テーブルの上の料理を見ていた虎鉄が、今度は窓にへばりついている。トラのポーチからトラのフィギュアを取り出すと、そのフィギュアと先日動物園で買ってもらったマスコットを会話させている。

「ほらーすごいよー！　ガオー高いぞーー」

二人一役で楽しそうにしている虎鉄を見て、くすりと微笑む。

三五階となると絶景だし、視界を邪魔するものがない。夢中になれるものがあってよかった。

私と壬生さんはキッチンに立ち、ビーフシチューの仕上げをはじめる。シェフに教えてもらったという内容を壬生さんが説明してくれた。

キッチンは広くて、夢のような空間だ。

三口コンロにＩＨ、オーブンレンジや食洗器がＵ字型をしたキッチンに組み込まれていて、作業スペースが広い。カウンターには花や観葉植物が飾られているけれど、バーのように使っても楽しそうだ。

私はワクワクとした感情を抑え込み、煮込んでいる間に買ってきたフルーツを切っていく。

「助かります」

「いえ。こういうキッチンで料理してみたかったので、すごく楽しいです」

「また来てください。というか、部屋はたくさん空いているので三人で一緒に住んでも……」

「え!?　いやそれは気がはやい、というか」

忘れそうになるけれど、一応私たちの関係は『仮の恋人』同士だ。これからどうなるかもわからないのに、安易に同居ができるほど、浮かれてはいない。

「ですよね」

壬生さんは苦笑している。でも、こんな冗談を言う人ではないことはわかっていた。

動揺を顔に出さないように、とてもキレのいい包丁でフルーツを切り、うちにはないガラスの大きなお皿に盛りつけていった。

圧力鍋を使ったおかげで、二十分もしたらシチューが出来上がった。他の料理は熱々だったようで、そこまで冷めることはなく、クリスマスディナーの完成だ。

「虎鉄できたよ～」

「たべう！　たべう！」

三人分のビーフシチューを並べると、豪勢な料理がずらりと揃い、圧巻だ。こんな機会はめったにないので感動する。飲み物は虎鉄にも飲める子ども用シャンパンだ。中身は炭酸のリンゴジュースだけど、ワインのような瓶に入っていてテンションが上がる。

「メリークリスマス！」

三人でグラスを鳴らし、食べはじめる。

食べたことのない鶏まるごとのローストチキンを切り分けると、中には味が控えめのガーリックライスが詰められていた。鶏肉と一緒に大きな口を開けて食べる虎鉄。

「おいっち！」

虎鉄はフォークを上下に揺らし、感動を身体全体で表している。グラタンやシチュー、サラダも盛りだくさんだ。次はどれを食べようかと目を輝かせているのを隣で見ていて、笑みがこぼれた。

「よかったです。俺はほぼ作ってないですけど、おいしいと言われるとうれしいものですね」

「ありがとうございます。こんな贅沢《ぜいたく》、なかなかできません」

虎鉄が食べやすいような小さいサンドイッチなどもあって、自分で勝手に取ってくれるので私もゆっくり食べる時間ができた。

「あ……おいしい……」

先ほど一緒に作ったビーフシチューをひと口食べて、口元に手を当てながら呟いた。

深いコクがあり、中に入っている牛肉はほろほろで、じゃがいもやニンジンなどの野菜もスプーンで切れるほど柔らかい。

「ええ。妃奈子さんのおかげです」

「いえいえ。シェフの方がしっかり準備してくださったからです。それと、壬生さんがシェフの説明をちゃんと覚えていてくれたからですよ」

「では、二人とシェフのおかげですね」

「ええ」

私たちは微笑み合い、食べ進める。並べられている料理すべてがおいしくて、虎鉄のはしゃぐ気持ちがわかった。

「こんな豪華でリッチな時間は、初めてかもしれません」

「俺もですよ。妃奈子さんたちがいてよかった」

壬生さんほどの人なら、会食なりでこういう食事をしていそうだし、この家で過ごす時間こそが贅沢だろうと思い込んでいたけれど、そうでもないのか、謙虚なだけなのか。

その後、三人でおしゃべりをしながら、クリスマスディナーを堪能した。

「まんぷくー！」

ひととおり食べると、虎鉄はごろんとソファに転がった。

「こら、お行儀悪いでしょ。まだまだあるよー？」

「もうおなかいっぱい！」

虎鉄がぷっくり膨らんだ自分のお腹を撫でる。あらためてテーブルの上を見ると、あれだけあった料理が、けっこう減っている。それは満腹になるわけだ。

すると、すっと立ち上がった壬生さんが、キッチンに行きすぐに戻ってきた。手には、ホールケーキ。私が切ったフルーツも、テーブルに並べる。

「虎鉄くんはお腹いっぱいかあ。食べられるかな」

ケーキも用意してくれると言ってはいたけれど、どんなものかは見ていなかった。真っ赤なイチゴが乗ったショートケーキのホールで、大きさは少し小さめ。クリスマスらしく、マジパンでできたサンタやトナカイの可愛いトッピングが可愛らしい。

「うわあああ！」

お腹いっぱいと言っていた虎鉄も、目をキラキラさせている。

「……たべう！　られるよ！」

「よかったです。じゃあ切りましょう」

六等分にして三人分切り分けて、残りは冷蔵庫へ。

あれだけお腹がぱんぱんだったのに、虎鉄は大きく口を開いてケーキを食べはじめる。子どもも、甘いものは別腹なのかな。

私もひと口ぱくり。

生クリームはさっぱりしていて甘すぎず、甘酸っぱいイチゴと相性がいい。スポンジもふわふわで、口の中でほどけていく。

「すごくおいしいケーキですね！」

「はい。これもフレンチのパティシエにお願いしました」

「ええっ！　すごいですね……」

壬生さんの感覚が庶民とあまりに違いすぎて驚く。でもこの日のためにいろいろ準備してくれたのだと思うと、やっぱりうれしさが勝る。

「うれちい！　おいちい！」

虎鉄は興奮しすぎて熱を出してしまうんじゃないかというくらいだ。こんなにおいしいものは食べたことがないだろう。

「虎鉄、今日だけ特別だからね」

「あい！」

片手を上げていい返事をする。明日からはまた質素な生活に戻るので、その格差だけが心配だ。

「残った料理は明日、持って帰ってください」

「でも……壬生さんはいいんですか？」

「ええ。基本的に家にいることは少ないですし、自分一人では持て余しますから」

「何から何まで、ありがとうございます」

しばらくご褒美のごはんが続くことになり、虎鉄もうれしそうだ。

「虎鉄、ほっぺにクリームついてるよ」

ほっぺにクリームをつけて、にこにこしながらケーキを食べる虎鉄を見ていたら、なんて幸せなんだろうと実感する。仕事をがんばって、もっと喜ばせられることが増えたらいいなと思う。

「……妃奈子さんもついてますよ」

「え？」

壬生さんの手が伸びてきて、私の口の端についていたクリームを拭う。するとそのまま、彼がぱくりとそれを食べた。

「あっ……お恥ずかしい……」

いい大人が、何をしているんだろう。

「かあか、おかおまっか！」

虎鉄が私を指さして笑う。

「ちょっと虎鉄、見ないで！」

指摘されると恥ずかしさが増してくる。さらに顔が熱くなっていくのを感じた。子どものようになってしまった自分と、壬生さんにクリームを拭いとられたことの両方が恥ずかしかった。

「すごく可愛いです」

壬生さんが追い打ちのように優しく微笑む。私は彼の目を見ることができず、うつむいた。その私を虎鉄が興味津々で見上げている。

そうして料理もケーキも堪能した私たちは、しばらく動くことができなかった。

テレビをつけるとクリスマスムード一色で、クリスマス特集や、音楽番組、映画などがやっている。虎鉄が退屈そうにしているので、動画配信サイトでお子様向けのアニメを流してもらった。

しばらくして、バスルームに案内された。

アパートのお風呂の倍以上は大きくて、虎鉄と二人で入っても全然窮屈じゃない。

「かあか、みててー!」

そう言って虎鉄がバスタブでバシャバシャと泳ぐ真似をした時は少し焦ったけれど、いい香りのする入浴剤で、久しぶりに心も身体もゆったりとした。

「壬生さん、お風呂ありがとうございました」

「いえ。俺も入ってきます。テレビでも観てゆっくりしててください」

リンゴジュースを飲みながら、虎鉄とソファでまったりしていた。虎鉄は私の膝の上に頭を乗せ、ごろごろしている。

「ねえ、かあかー」

「なあに？」

「いつものおうちじゃないけど、サンタさんくるかなあ」

虎鉄が不安そうに私に抱き着く。私は虎鉄を抱きしめ返した。

「……いい子にしてたら来るよ。サンタさんは虎鉄がどこにいても捜せるからね」

「そっか！　よかったぁ！」

安心したのか、興奮の連続だったからか、すでに眠そうにしている。

そういえば、寝室がどこかはまだ教えてもらっていなかった。虎鉄を膝の上で眠らせて、壬生さんを待った。

しばらくして、壬生さんがお風呂から上がってきた足音が聞こえた。

「あ、壬生さん……」

振り返りお風呂上がりの壬生さんの姿を見て、息を呑む。

黒のタンクトップに下は濃いグレーのスウェット。見たことのない彼の肩の筋肉が露わになり、逞しい身体つきに見惚《みと》れる。前に垂らした濡れた髪は妙な色気があり、男前さが増している。現実的に、やっぱり私にはもったいない人ではないかと恐れ多く思ってしまう。

「虎鉄くん、寝ちゃいましたか」

彼は髪をタオルで拭きながら、虎鉄の寝顔を覗く。

「……はい。壬生さん、私と虎鉄はどこで寝ればいいでしょうか？」

「そうでしたね、ゲストルームに案内します」

彼の後ろを歩いていると、いい匂いがした。シャンプーかボディソープの匂い。同じものを使わせてもらったはずなのに、壬生さんの身体から香るとドキドキする。

「こちらで寝てください。荷物も移動させましょう」

壬生さんが案内してくれたのは、リビングを出てバスルームの正面にある部屋だった。

「ここがゲストルームですか？」

ドアを開けると、大きなダブルベッドがありテーブルやチェストも用意されていて、きちんとした部屋になっている。

「はい。普段使っていない部屋をゲスト用にして家具を置きました」

「そんな……しかも、ベッドに転落防止まで……」

ダブルベッドには全体的に、転落を防止するクッションガードがつけられていた。

これなら、虎鉄がごろごろ寝返りを打っても安心安全だ。

「便利なものがあるんですね。初めて知りました」

感心したように言う壬生さんに、私は心からのお礼を伝えた。

「わざわざ、ありがとうございます」

こんな至れり尽くせりの気遣いをしてもらい、本当にありがたい。

この部屋がゲスト用ということは、壬生さんの寝室は別にあるのだろう。どんな部屋なのかと少し気になるけれど、プライベートなことなので聞くことはできなかった。

広々としたベッドで大の字になり眠っている虎鉄をしばらく眺めたあと、起きてしまっても声が聞こえるようにと少しだけドアを開けた状態でリビングに戻った。


大人二人で余った料理をつまみながらテレビを見ていたら、深夜十二時を回った。

虎鉄は普段から寝入った直後に目を覚ますことが多いけれど、それ以降は目覚めずに寝てくれる。さすがに今夜はもう起きないだろう。二人でそっと顔を見合わせると、壬生さんがプレゼントを取り出した。

壬生さんが虎鉄へのクリスマスプレゼントとして用意してくれたのは、大好きな『猛獣戦隊ガオガウレンジャー』の変身ベルトだ。壬生さんは自分がプレゼントすると言ってくれたのだけど、全額払わせるのは心苦しいので、半額分は私が出している。

虎鉄がずっと欲しいと言っていたけれど買う余裕がなく、先延ばしにしていたこのおもちゃ。購入できたのは、壬生さんのおかげだ。

明日の朝、虎鉄の喜ぶ顔を見るのが楽しみで仕方がない。

「人生初の、サンタクロースになりたいと思います」

胸を張る壬生さんがおかしくて、つい笑ってしまった。

「……ありがとうございます」

壬生さんはそっと寝室に入り、虎鉄の眠っている頭上にプレゼントを置いた。そしてまた音を立てないように、ゆっくりと戻ってくる。

「……ふう」

無事、ひと仕事を終えた安心感に、壬生さんは息を吐いた。

「お疲れさまでした」

私は彼の意外な姿がおかしくて、笑いを堪えるのに必死だった。

高虎さんがいなくなってから、こんなに楽しいクリスマスは初めてのことだ。冬になるといつも寂しい気持ちになるので、壬生さんの存在は本当にありがたい。虎鉄にもきっと、今までいろいろと我慢をさせてきたのだろうと思う。

そう考えると虎鉄に申し訳ないという気持ちが込み上げてきて、胸が熱くなる。私はそれを誤魔化すように、壬生さんに明るく声をかけた。

「あー、今日は本当に楽しかったです！　私もそろそろ寝ますね。虎鉄を起こさないようにしないと……」

ゲストルームのダブルベッドでは虎鉄がすやすや眠っている。枕元にはすでにサンタさんからのプレゼントをセッティング済みなので、起こすわけにはいかない。慎重にベッドへ入らないと。

料理を片付け、明日の朝食べないものは持ち帰れるよう保存容器に詰めた。一緒にキッチンを掃除して、寝る支度をする。

一応私たちは『仮の恋人』ということでお試し期間中だけど、特に何もなかったなぁと考えながら歯磨きをしていた。

先日、キスを拒否したことが影響しているのかもしれない。虎鉄もいるし、そういう雰囲気にはなりづらい。

別に、キスをしたいわけじゃないけど……と自分で自分に言い訳をした。

「じゃあ、壬生さん。おやすみなさ……」

声をかけると、リビングにいる壬生さんが紙袋を持って真剣な顔をして立っていた。

「あの、妃奈子さん、これ……」

壬生さんに、ブランドショッパーを差し出される。英字で書かれているブランド名は、疎《うと》い私でも知っている有名なブランドだ。

「え？　これって……」

「クリスマスプレゼントです」

「ありがとうございます。ごめんなさい、私プレゼントのことすっかり忘れて……」

「いいんです。一緒に過ごしてくれることが、何よりのプレゼントですから」

壬生さんへのプレゼントは一瞬頭を過ったのだけれど、手土産に何を持っていこうかと考えはじめたら、すっかり上書きされてしまった。そして本物の恋人でもないので、自分が何かをプレゼントされるなんて期待はまったくしていなかった。

「見てもいいですか？」

「もちろん」

紙袋から取り出した細長い箱。ラッピングをほどき、蓋を開けるときらりと光るネックレスが目に入ってくる。

「きれい……こんな高いもの、いいんですか？」

ピンクゴールドのチェーンに、中央には光り輝くダイヤモンド。繊細なのに優雅な印象があり、私にはもったいないくらい。

「はい。自分から進んで女性に贈り物をすることはないので、気に入らなかったら申し訳ないのですが……」

私は慌てて首を横に振る。

「そんな。充分すぎます。うれしい、ありがとうございます」

こんなプレゼント、もらったことがない。

高虎さんもブランドには詳しくなく、二人とも金銭的に余裕もなかったので記念日には焼肉とかお寿司とか、少し高いものを奢《おご》ってもらうくらいだった。

そういえば、高虎さんとの思い出の品は遺影にしている写真くらいだから、少し寂しかったのかもしれない。もちろん胸に残る思い出が一番だけれど、こうして形のある、手でふれられるものをもらうのは、こんなにうれしいのかと思った。

「つけてみてくれませんか」

お風呂上がりの部屋着ではネックレスのよさを活かせないと思ったけれど、プレゼントをしてくれた人が言うなら、つけているところを見てほしい。

私はそっとネックレスを手に取り、首の後ろに手を回す。アクセサリーなんて、虎鉄が生まれる前からもともとつけていない。慣れていないことだから、留め具部分をうまく扱えない。

「俺がやります」

「……お願いします」

壬生さんに背中を向けてバトンタッチをして、私は後ろに下ろしていた髪を横側に避けた。壬生さんが私の首を間近で見ているのだと考えたら、緊張してきた。

「できました」

胸元にきらりと光るダイヤモンド。似合っているのかわからないので、はやく鏡を見たい。けれどその瞬間、壬生さんに後ろから抱きしめられた。

「あの、壬生……さん」

突然の密着に身体が硬直する。心臓が跳ね上がり、一気に体温が上昇する。弱々しい声でしか反応できず、動揺をしてしまう。顔も熱くなってきて、こんな顔を見られなくてよかったけれど、これではネックレスをつけている姿も見せられない。

後ろから伸びてきた手が、胸元のダイヤモンドにふれる。彼の指を服越しの肌に感じ、私の鼓動はいっそう速まる。

「よく、似合っています」

彼の指の間で、ダイヤがキラキラと光っている。

「見えてないじゃないですか……」

「わかりますよ」

壬生さんはいっこうに離してくれず、変な汗が滲んでくる。離してしっかり見てほしいと思う反面、このまま彼の体温を感じていたいとも思ってしまった。

「……妃奈子さん、『仮の恋人』期間はいつまでにしますか？」

壬生さんの声が耳元で響き、びくりと身体が震える。このまま何もなく別々の部屋に行くのだと思っていたので、不意打ちだ。

いつまで、と言われても心の整理がつくまでとしか考えていなかった。しかも、『仮の恋人』で、と話をしてから一週間程度しか経過していない。

「いつまでも待つつもりでしたが、こうやって一緒に過ごしていると、妃奈子さんに惹かれてどうしようもないです」

彼がため息を吐く。吐息が耳元にかかり、ぞくりとした。

私もとっくに壬生さんには惹かれている。

引っかかっているのは、虎鉄のことと、高虎さんのことだ。

「虎鉄は、壬生さんが特別な人になることを伝えたら、喜んでくれました」

「……そうですか。安心しました」

安堵の息すら、鼓膜をくすぐる。

これからどうなるかはわからない。もしかすると一緒に過ごしていくうちに、私たち二人の相性や価値観はずれていくかもしれない。それに成長していく過程で、虎鉄が嫌がる可能性も大いにある。

ただ、だからこそ、今しか壬生さんと一緒にいられないかもしれない。

そう考えたら、答えはひとつだった。

「私は今、まだ亡くなった虎鉄の父親のことを忘れられません。それでも、壬生さんと一緒にいたいと思ってしまっています。こんな私でよければ……『仮』ではなく、『正式な恋人』として、よろしくお願いします」

とてもずるい答えだと、自分でも思う。けれど、これが今の私の正直な気持ちだ。

私はまだ、高虎さんへの想いを忘れられない。

でも目の前にいるこの人を、私はどうしても諦めたくない。

「本当に?」

壬生さんはいったん身体を離し、今度は私の肩を掴んで振り向かせた。そうして目を覗き込んでくる。真剣で熱い眼差し。その瞳はわずかに揺れていて、不安のようなものが感じ取れた。

「はい」

私は、力強く頷く。一度決めた気持ちを覆《くつがえ》すつもりはない。

「……よかった……ありがとうございます」

壬生さんに正面から強く抱きしめられる。私もそっと彼の背中に手を回した。温かい体温に、ドキドキするのにどこか安心感がある。

「やっぱり、ネックレスよく似合ってますね」

あの一瞬で見ることができたのかと、壬生さんの胸の中で私はくすりと笑った。

「妃奈子さん、恋人になった証として、俺の名前を呼んでくれませんか。お願いします」

また身体を離して、私の目をじっと見つめてくる。忙しい人だ。

「……要、さん」

恥ずかしくて、声が小さくなってしまった。こんな甘い時間はいつ振りか、思い出せそうにない。

「はい。これからはそう呼んでください」

要さんの手が私の頬を撫でる。

「俺も、『妃奈子』と呼んでいいですか」

私は照れくささを隠しながら、頷いた。

「……妃奈子」

低く色気のある声で名前を呼ばれると、腰のあたりがぞくぞくとする。

「顔、赤いですね。……それに、熱い」

彼の指先が、私の唇をなぞる。

「あ、あの」

「まだ、だめですか」

強請るような視線。この人がこんな顔をするなんて。

以前キスをされそうになった時みたいに、また高虎さんの顔が浮かんだ。でもあの日よりも私の気持ちは前に進んでいる。

高虎さん、私はあなたのことがまだ忘れられません。

でも……私は、壬生要さんのことが好きです。

私は首を横に振った。すると要さんは柔らかく微笑み、距離を詰める。ゆっくり目を閉じると、優しく唇がふれた。

「大丈夫？」

「……はい」

私の顔を窺《うかが》う要さんと目が合う。すると彼は目を細めた。

「じゃあ、もう一度」

温かい両手が私の頬を包み、再び唇が重なる。

二度目のキスは、長かった。感触を味わうように動いていた唇が、私の下唇を食《は》む。わずかに開いた隙間から舌が入ってきて、私の舌を搦《から》めとる。徐々に激しくなっていくその動きに、慣れない私は翻弄《ほんろう》されていく。

クールに見えて、情熱的なキス。

キスが終わる頃には、二人とも呼吸が荒くなっていた。閉じていた目を開けると、熱を孕《はら》んだ要さんの目が私を鋭く見つめていた。

「……妃奈子がもっと欲しい」

それは、そういう意味だろうか。きっと、そういう意味だ。経験の少ない私でもわかる大人の話。

要さんとキス以上のことをしていいのか。でも恋人になったら必然的にするだろうから、逃げる必要はない。ただ、私の中にはまだ、高虎さんへの罪悪感が残る。

私の迷いを感じ取ったのか、要さんは私を抱きしめた。

「すみません。急すぎましたよね……」

強引だったり控えめだったり、難しい人だ。気を遣ってくれているのが充分伝わってくるからこそ、私は決意が固まった。

「……いえ、大丈夫です」

今度は私が要さんの頬を両手で包み、真正面で見つめて微笑んだ。

無理しているわけではなく、私も要さんを求めていた。

虎鉄の寝ているゲストルームではなくて、要さんの寝室に案内された。中はシックなモノトーンで統一されていて、必要最低限のものしかない。

「想像どおりのお部屋でした」

「そうですか？」

手を繋ぎ、ベッドへ導かれる。優しく押し倒され、要さんの熱い手で服を脱がされていく。

「あの、私、ずいぶん久しぶりなので……その、お手柔らかにお願いします」

「俺だって、しばらくしていませんよ」

「本当ですか？　こんなにかっこいい社長なんて、引く手あまたなのに」

要さんがくすりと笑う。

「そんなことないですよ。俺は、好きな女性しか抱けませんし……。それより集中してください」

怒られてしまった。

キスをしながら両手の指を絡め、ベッドに縫いつけられる。

ずっと緊張している硬くなった身体が、要さんにひとつひとつほどかれていく。指先から、足の爪先まで、身体中に丁寧にキスをされ、甘い吐息が漏れる。

彼の指は巧みに動き、私の気持ちいい場所を、簡単に探り当ててしまう。

「要さん……」

涙目で彼を見上げると、鋭い獣のような瞳と目が合う。

秘めた熱情が私を貫き、深く繋がった。久しぶりの行為には痛みが伴ったけれど、彼は優しく導いてくれた。

慣れていくと次第に激しく求められ、要さんの奥底の欲望というものを見せつけられた。クールな顔をして、獰猛《どうもう》だ。でもそういう一面を見ることができるのも、うれしかった。

彼の優しい手にふれられるたび、苦しげに息を吐きながら名前を呼ばれるたび、私を見つめる熱い瞳を見るたび、要さんのことが好きだと、心の底から思った。

もう誤魔化せないほど、惹かれている。

クリスマスイヴの夜は、長い時間要さんに愛され、幸福感に満たされた。

「やったー!!」

虎鉄の大きな声で、目を覚ます。

ぴょんぴょん飛び跳ねている虎鉄の横で、私は起き上がった。昨夜は要さんのベッドで激しく抱かれ、そのまま眠ってしまったところで記憶が途切れていた。そして朝、起きたらゲストルームのベッドにいる。寝ている間に、要さんが移動してくれたのだろう。

「かあか、サンタさんきた！」

「よかったねえ……」

「あけていい？　あけていい？」

虎鉄はらんらんとした目で私を見ている。開けるのを懸命に我慢している姿は愛らしい。私はぼうっとしたままベッド脇に座った。昨夜の久しぶりの行為に身体の節々が痛む。すでに筋肉痛だ。

「ちょっと待ってね、要さんにも見てもらおう」

「かあか、かなめって言った！」

「あ」

よく気がつくものだ。

「うん。要さんとは仲良しだから、名前で呼ぶことにしたんだよ」

「やったぁ！　かあかも、なかよし！」

プレゼントを両手で抱きしめている虎鉄と一緒にゲストルームを出ると、バスルームから物音が聞こえた。壬生さんが朝からシャワーを浴びているみたいだ。それならすぐにリビングに来るだろう。

洗面所で朝の身支度をして、早々にリビングに移動する。

朝食を用意しながら要さんを待った。昨日の残りものの鶏肉とガーリックライスを使って、チーズリゾットを作った。それからサラダと、ビーフシチュー。トーストやフルーツもある。朝から食べるには贅沢すぎるメニューだ。

「……おはようございます」

シャワーから上がったのか、要さんがリビングに顔を出した。その声を聞いて鼓動が跳ねる。昨日あれだけのことをして、平静を装えるほど慣れてはいない。私はゆっくり、要さんに視線を向ける。

「要さん、おはようござ……」

彼の姿を見て、固まった。思考が停止して、身体の奥のほうから変な熱が噴き上がる。

昨日とは違って、前髪をすべて上にあげた要さん。色気があることに変わりはないけれど、私は他の部分に、釘付けになっていた。

「……どうかしましたか？」

じっと顔を見ている私を不思議に思ったのか、要さんは首を傾げる。

「い、いえ。なんでもないです」

「……みっともなかったですかね。髪、乾かしてきます」

髪を上げた要さんの額の、生え際の左側に傷が見えた。気のせいかと思ってもう一度よく見たけれど、やっぱりそこにあったのは傷痕だ。

高虎さんにも、同じ場所に傷があった。

出会った時、一瞬高虎さんと間違えたことを思い出す。

ただの勘違いだと思っていたけれど、もしかして、合っていた？

でもすぐに、その可能性を否定した。同じ人なわけがない。

高虎さんは四年前に私の目の前で亡くなったし、あの日出会った要さんの私への態度は、明らかに初対面そのもので、私を見ても何も感じていなかった。

だから別人なのは確かだ。馬鹿げた妄想にもほどがある。

それなのに、どうしてこんなに動揺するのだろう。

「かなめー！　サンタさんきた！」

虎鉄の声にハッとした。

私は何を考えているのか。

洗面所から戻ってきた要さんは前髪を少し下ろしていて、傷はもう見えなくなっていた。もう一度見せてほしいと言う勇気は、私にはなかった。

「よかったな。開けてみるか」

「うん！」

虎鉄は要さんに見守られながら、プレゼントを開けていく。包装紙がびりびりに破かれても、要さんはうれしそうだ。

「やったあ！　へんしんべるとー！」

虎鉄はプレゼントを両手で抱きしめ、全身で喜びを表現している。要さんにベルトをつけさせてもらって、得意げにポーズをとっている。

「かあか、みてみて！　へんしん！」

「うん。よかったねえ」

あまりに動揺しすぎて、うまく受け答えができない。

「妃奈子？　大丈夫ですか？」

「あ、はい……」

私はつい、要さんから目をそらした。

「あー！　かなめも、かあかとなかよし！」

虎鉄は要さんが私の名前を呼んでいることにすぐに気がつき、うれしそうに笑っている。

「そうだな。虎鉄くんとも三人で仲良しだ」

「うん！　こてつもー！」

虎鉄は大喜びだ。この笑顔を見ていると、私も満たされる気持ちになる。それに、ついに要さんと恋人同士になった。私にはもったいないほどの、素敵な人だ。

それなのに、幸せなはずなのに……心に覆いかぶさった霧が、なかなか消えない。

第六章　忍び寄る

あれは桜が咲く、春のことだった。

「やめて！　離しなさいよ！」

ガラの悪い男に手首を掴まれ、連れていかれそうになるのを必死で抵抗した。でも男の力に敵うはずがない。しかも相手は一人ではなく、複数いる。

私はずるずると、黒いバンへ引きずり込まれそうになる。

「じゃあ、母親の命がどうなってもいいのか？」

そう言われて、必死に抵抗していた力がなくなっていくのを感じた。ここで力を抜いたら、どこかへ連れ去られてしまう。でも母のことを言われたら、諦めるしかない。

「……わかりました。ですが、少し時間をください」

私にだって、家を出る準備が必要だ。母にしばらく留守にすると伝えておきたいし、ごはんの作り置きだってしておきたい。

でも男たちは今すぐに来いとうるさく、手を離してくれない。

そんな絶望的状況に、金髪オールバックのガタイのいい男性が割って入ってきた。

「おい！　何してんだ！　どこの組だてめえ！」

私の手を引く男の肩を掴むその人は、どうやら私を助けてくれそうだった。

「関係ねえだろ！　引っ込んでろ！」

私の手を掴んでいた男は、オールバックの男性を突き飛ばした。けれど彼は体幹が強いようで、少しよろけただけですぐに男に掴みかかる。

「うるせえ！　嫌がってるだろうが！　汚ねぇ商売してんじゃねえぞ！」

今度はオールバックの男性が相手の身体を引っ張り、転ばせた。そのおかげで私を掴む手がほどける。

「いってぇ……ふざけんなよ！」

男の拳が、彼の頭に直撃した。何が起こっているのかと茫然と二人を見ていると、オールバックの男性が私を睨んだ。

「いいから逃げろ！」

震える手足を懸命に動かし、後ずさる。

彼は額から血を流している。見るからに極道で、怖い風貌。でも私を助けてくれた。

私は震える足でよろけながら走り、駅前の交番に助けを求めた。

「おまわりさん！　あそこです！」

警官を連れて現場に戻ると、オールバックの男性が殴られ続けていた。

「何やってる！」

警官が声をかけると、男らは舌打ちをしてバンに乗り込み、走り去っていった。

オールバックの男性は倒れ、顔中に傷をつけていた。

「大丈夫ですか⁉」

「……心配すんな」

特に傷がひどい額からは、血が流れていた。私は応急処置をするため、彼を家に連れ帰った。

「なんで、見知らぬ私のことを助けてくれたんですか……」

「そりゃあ、困ってる人がいたら助けるだろうよ。アンタが無事でよかった」

当然のように答えられて、私は驚いた。

それまでの私は借金を背負って馬鹿にされ、足元を見られ脅され、散々だった。病弱な母親と二人で生活していて、助けてくれたのはこの人だけだった。

――それが、私と高虎さんの出会いだ。

その時にできた額の傷は深く、傷痕はいつまでも赤く腫れて残っていた。

高虎さんはことあるごとに勲章として私にその傷を見せた。私もそのたびに、かっこよく助けてくれた高虎さんのことを思い出しては感謝していた。

その傷と似たものが、要さんの額にもあった。

クリスマスの日、家に帰ってからも、彼の傷のことが頭から離れなかった。それに、共通点は傷だけではない。私の五歳年上だということ、下戸なところ、親への忠誠心といった気質など、似た部分があった。

でもよくよく考えてみると、私は以前、要さんの親の話を聞いていることを思い出した。

そうだ。要さんは『両親が多忙で、コンビニ飯や外食ばかりだった』と言っていた。一方、高虎さんは親がいないなか、一人で生きてきた。そもそもの生い立ちが違う。

それに、もしなんらかの事情があって私を騙す必要があるのだとしても、高虎さんは嘘が苦手だったからすぐにわかる。

出会って初めての私の誕生日。その頃にはすでに恋人同士だったので、サプライズで彼が高級ホテルに連れていってくれたことがあった。

『これからも、俺と一緒にいてくれ』

部屋に入ってすぐ、真っ赤な顔をして高虎さんはそう言った。手には百本はあるだろう赤いバラの花束。

『な、なんだよ。そんな目で見て』

高虎さんは表情が硬く、居心地が悪そうにしている。

『だって、こんな大きな花束、高虎さんが……？』

正直言って、不器用な高虎さんがこれほど大きい花束を進んで準備するとは思えなかった。

『花屋にプロポーズしたいって言ったら、すげぇ花束作りだすから断れなかったんだよっ！』

花屋での高虎さんの様子を想像するとおかしかった。でも私を喜ばせようとしてくれたことがうれしくて、愛おしくて、涙を流しながら笑った。

実はそこまでの道のりで、高虎さんの挙動があまりにもおかしすぎて、何か企んでいることはすでにわかっていた。

だから、彼にポーカーフェイスで嘘を吐き続けることは、絶対にできない。

たまたま同じ場所に同じような傷があるだけだ。

このことについてはもう、深く考えない。

そう思うようにした。

クリスマス以来、スナックに顔を出すのは初めてだ。

年末が近づき仕事が忙しくて、最近は虎鉄を保育園に迎えにいって、まっすぐ家に帰ることが多かった。会社の仕事納めである今日、二十八日にようやく顔を出せた。

スナックに入ると、すでに先客がいた。

けれどそれは要さんではなくて、中津先生と、それから——。

「あれ、中津先生と……ママさん、ですか？」

「だれー？」

虎鉄が首を傾げる。ママさんのことも中津先生の顔も、虎鉄は覚えていないようだ。

ママさんは目が合うなり、私の両手を掴んだ。

「あら！　あなたは妃奈子ちゃん!?　あの時は本当にありがとうね。おかげで苦しいのが和らいだのよ～。この僕ちゃんにも頭を撫でられてね、すごく安心しちゃって……あなたにならこの店も任せられると思って、要ちゃんにお願いしたりして……」

マシンガントークに、口を挟む隙がない。すると中津先生が、ママさんの肩をぽんと叩く。

「順子さん、彼女驚いてるから。まず自己紹介」

「あっ、そうだったわね！　あたしはこの店を経営してます、順子ですっ」

順子さんは、ふわふわのパーマにばっちりメイクをして、大きな花柄のワンピースを着ている。黒のジャケットを羽織り、仕事モードに見える。

「百瀬妃奈子です。こちらは虎鉄です」

「どうもどうも。可愛い坊やねぇ……何歳？」

順子さんは虎鉄の目線までしゃがみ、満面の笑みを見せる。

「さんさい！　です！」

「かわい～！　頭撫でていいかしら？」

「はい。ぜひ」

順子さんは私にことわりを入れてから、虎鉄の頭を撫でてくれた。子どもの扱いに慣れていそうだ。

「実はね、もうすぐ復帰できそうだから店に来たのよ」

「それはおめでとうございます！　体調もよくなったんですね」

「そうなの。それにしてもお店がきれいになっててびっくりしたわ。留守の間、本当にしっかりと掃除してくれたのね。ありがとう～」

立ち上がった順子さんは、再び私の両手を握った。包み込むような手の温もりにほっとする。

「いえ。私もキッチン道具など借りてしまって……」

「全然いいのよ！　要ちゃんに聞いてるわ。きれいに使ってくれてありがとう」

順子さんは想像どおりのいい人だ。彼女や中津先生なら、要さんの過去も含め、詳しく知っているだろう。

「……あの、順子さんは要さんとは、どういうご関係なんでしたっけ」

要さんには事前に聞いていたけれど、傷のことがあるので念のため、もう一度とぼけたフリをして順子さんにも聞いた。

「聞いてない？　要ちゃんのお父さん繋がりで、前からお世話してるのよ」

「そういえば、そんなことを言ってました。すみません」

乾いた笑いで誤魔化す。

順子さんの話を聞いて確信する。やっぱり要さんは高虎さんとは違う。答え合わせをするたび、もやもやが晴れていく。

もし同一人物だとしたら、高虎さんが生きていることになるのでうれしいはず。好きになった相手が、ずっと忘れられなかった人だったなんて、なんの問題もないのかもしれない。

でも、もしそうだとしたら……私はまったく違う人格の要さんを好きになったのだから、複雑な気持ちが拭えない。

「でもねえ、要ちゃんも大変よねえ。壬生の家に――」

「順子さん。そういえば、常連さんに連絡したか？」

中津先生が話を遮る。わざとではないのだろうけれど、続きが気になった。

「……あっ、そうだったわ！　はやいとこ連絡しとかないと、お客さんゼロになっちゃう！」

順子さんはスマホを取り出し、ぽちぽちと操作をはじめた。けれど、見るからに苦戦している。

「ねえねえ妃奈子ちゃん、ちょっと教えてくれる？　スマホっていうのにしたんだけど、よくわからなくて～」

「はい。これはですね……」

順子さんにメッセージの送り方を教えているとスナックのドアが開き、要さんが顔を出した。

「順子さん、来てたんですね」

「要ちゃん！　ありがとうね～！　中津先生のおかげでもう元気よ！」

順子さんは要さんに抱き着く。一瞬焦って私を見る要さんに、微笑み返した。さすがに、この状況で嫉妬はしない。

「無理しないでくださいよ、順子さん。酒は控えるように」

中津先生の厳しい声が順子さんを諌《いさ》める。

「は～い。というわけで妃奈子ちゃん、もう大丈夫よ！　今までありがとうね」

「はい……」

順子さんが復帰したのは喜ばしいことだけど、私のバイトがなくなってしまったのは痛い。要さんが好条件で雇ってくれていたことで、我が家の家計は本当に助かっていた。

もちろん要さんとは恋人同士になったので、いつでも会える。けれど、三人で過ごしたスナックでの時間はけっこう好きだったので、それがなくなるのはかなり寂しい。

「でももし、バイトしたくなったら言ってね。接客なしでも時給アップしてお願いしちゃうから！　……ああ、でも勤務時間が夜になっちゃうから、難しいわよねぇ」

「そうですね……虎鉄がもう少し大きくなったら、お願いしたいです」

「ぜひぜひ！　楽しみにしてるわぁ」

この様子だと、要さんは私のことを逐一報告していたみたいだ。接客が苦手なことも、夜は働けないこともしっかり伝わっている。そう思った私の表情を察してか、順子さんが慌ててフォローをする。

「あ！　違うのよ！　別に詮索したわけじゃなくて……要ちゃんが妃奈子ちゃんのことをうれしそうに話すから、あたしも興味津々でいろいろ聞き出しちゃって！」

「順子さん、もうやめてください」

要さんを見上げると、顔を赤くしていた。

「妃奈子、帰りましょう。車で送ります」

虎鉄も退屈そうにしている。掃除をする必要がないなら、私もいる必要がないし、開店準備の邪魔になりそうだ。

「……君たちは付き合うことになったのか？」

「えっ」

中津先生にずばり聞かれて、私と要さんの声が重なり顔を見合わせた。

「名前で呼び合っていたからな」

中津先生もなかなか鋭い。

私が口を開く前に、要さんが答える。

「そうなんです。俺が妃奈子のことが好きで、振り向いてもらいました」

「……そうか」

中津先生が深いため息を吐く。どうやら、賛成はされていないみたいだ。

「まあ私が口を出すことはないだろうがな……」

「親父にも説明済みです」

「妃奈子さんが相手だということも、か？」

メガネ越しに、中津先生の目の奥が光った気がした。

「？　いえ」

「まあいい。気にするな」

私が子持ちだから、中津先生も心配なのだろう。要さんの親御さんも、話をしたら反対するかもしれない。

「では、今日は帰ります。行きましょう」

「失礼します。順子さん、お大事に。中津先生も、今度先日のお礼を持っていきますね」

「礼などいらん」

中津先生は短く言い、しっしと手を振る仕草をした。

「ありがとう～。要ちゃん、妃奈子ちゃん、虎鉄ちゃんもまたね～」

順子さんは華やかな笑顔で手を振ってくれた。さすがスナックのママ。ずっと笑顔で、愛らしい人だった。

「中津先生、私たちのことを反対してそうでしたね」

「妃奈子は気にしないでください。反対されても俺は止まれませんから」

虎鉄と一緒に、後部座席に座る。

「それよりも、今日もうちで夕飯を食べませんか？」

「いいんですか？」

今日も要さんに会えたらスナックで料理を作ろうと考えていた。でも要さんの家なら、もっと楽しそうだ。

「はい。何か買って帰りましょう」

「虎鉄、要さんのおうちに行くよー」

「やったあ！」

虎鉄はいつもどおり、笑顔ではしゃいでいた。

要さんのマンションに到着し、車を降りてエントランスへ向かうと、見覚えのある人物が待ち構えていた。

「亜里沙さん？」

要さんが眉間に皺を寄せる。

「どうも～」

亜里沙さんは笑顔で挨拶をしてきた。でもその目は笑っていない。

「どうしたんですか、急に。話は先日済んだはずでは」

「わかってるけど、要さんに忠告しておこうと思って。それとその女にもね」

亜里沙さんがちらりと私を見た。

「もう私に構わないでいただきたい。話は親父を通してください」

要さんが、亜里沙さんに対して強い口調になった。でも彼女は気にする様子がなく、首を傾げる。

「……ところで、壬生組長はお元気ですかぁ？」

「っ、亜里沙さん、ここではちょっと……」

要さんが慌てて亜里沙さんの肩を掴んだ。

私は、聞き逃さなかった。

組長？　今、壬生組長と言った？

聞き間違いでなければ、というか絶対に聞き間違いではない。亜里沙さんは、『組長』の部分をやけに強調した。つまり、私に聞かせるためだろう。

「あらぁ、やっぱりそこの女は知らないみたいね？」

「それは……」

要さんが私に視線を向ける。不安そうな、心配していそうな視線だ。

私はまだ頭の中が整理できず、茫然としたまま虎鉄の手をきゅっと握っていた。亜里沙さんは要さんの制止も聞かず私の隣に立ち、にこりと笑った。その笑顔が怖い。

「知ってる？　要さんは極道の人なのよ？」

「え……」

私は二重の意味で驚いていた。

要さんが極道であること、そして、新たな高虎さんとの共通点を見つけたこと。

「亜里沙さん、やめてください。違いますから」

揉《も》めている様子が、周囲の注目を浴びはじめていた。

「妃奈子。あとで説明をさせてください。行きましょう」

「私を置いて、行っていいのぉ？」

亜里沙さんが、要さんに耳打ちをした。

すると要さんの表情が一変する。

「それは、どういうことですか？」

「そのままの意味よ。これだけ言いにきたの。じゃあね～」

亜里沙さんは、短いスカートを揺らしながら颯爽と立ち去っていった。

「かあか……こわい」

「そうだね。ごめんね、虎鉄」

私は虎鉄を抱き上げた。子どもにも、彼女の悪意は伝わっていた。

「……妃奈子、とりあえず家に来ませんか」

「……はい」

どういうことなのか、はっきりと聞いておきたい。このままでは家に帰れない。

虎鉄にはあまり聞かれたくない内容だったので、いつもどおりに食事を終えてお風呂に入り、早々に寝てもらった。すやすやと気持ちよさそうに眠っている間に、こんな話をすることになるなんて思わなかった。

リビングでコーヒーを飲みながら、私はさっそく要さんを問い質《ただ》す。聞くのは怖いけれど、真実を知らないままでは嫌だ。

「先ほどの話、どういうことなんですか？　要さんは極道の人だったんですか？」

要さんは神妙な面持ちで、首を横に振った。

「……違います。ですが、関係者であることに間違いありません」

「関係者、ですか」

「はい。俺の親父は壬生剛志《つよし》といって、仁応会《じんおう》という組織の中の、壬生組の組長なんです」

聞き覚えのある名称に、ドキッとした。

「……関東の、一番大きな組織ですね」

「ご存じでしたか」

私はぼんやりとしたまま頷いた。

仁応会といえば、高虎さんがいたのと敵対している組織だ。高虎さんは桜坂《おうさか》一家という組織の金丸《かねまる》組に所属していた。組織の末端だし、組の所在地も知らなかったけれど、よく話題に出てきていたのではっきり覚えている。

「でも俺は組の仕事はしていません。ご存じのとおり建設会社を任されています」

「お父様が組長なら、継ぐことになるんじゃないですか？」

高虎さんから教えてもらった知識が、こんなところで役に立つとは思わなかった。

「……親父は、実の父ではないんです。行き場を失った俺を拾ってくれた恩人で、順子さんや中津先生にも、その時からお世話になっています」

「そういうこと、ですか」

だから不思議な組み合わせだったのか。社長である要さんが通うスナックにしては年代が違うと思っていたし、中津先生も存在が不明瞭だった。あれは極道がらみの人だったからかと納得する。そして要さんが纏っている、秘密めいたその雰囲気も。

「黙っていてすみませんでした」

要さんが私に深く頭を下げた。

彼の話が真実なら、一般的にはそれほど大きな問題はないだろう。でも、私にとっては違う。

「……また、極道……」

ぽつりと呟いた言葉に、要さんが頭を上げて不思議そうに私を見た。

「なんでもないです。少し頭の中を整理したいので、今日はもう寝ますね」

本当は家に帰りたいけれど、眠っている虎鉄を起こしてしまうのはかわいそうだ。車で送ってもらうにしても、二人きりで何を話したらいいかわからない。今日は泊まらせてもらって、明日の朝一番に帰ることにした。

「……わかりました」

要さんは何かを言いたそうにしているけれど、私はまだ混乱状態で、彼を気遣う余裕がなかった。

「妃奈子」

要さんが、私の腕を掴む。

「理解できない世界かもしれませんが、俺は親父を尊敬していますし、感謝していま す。縁を切ることはできないと思います。……でも、妃奈子のことも好きで、大切にすると約束します」

「……はい。私も要さんが好きなことに変わりはありません。でも、少しだけ考えたいことがあるんです」

そう伝えると、彼はほっとした表情を見せた。

「わかりました。おやすみなさい、妃奈子」

「……おやすみなさい」

ゲストルームに入り、気持ちよさそうに眠っている虎鉄の隣に寝転んだ。

私にとって、極道は敵だった。

高虎さんは極道だったけれど、とてもいい人で私と母を守ってくれていた。でも、高虎さんを殺したのも極道だ。

復讐《ふくしゅう》なんてするつもりはないが、許すことはできない。

要さんは組織の仕事をすることがないと言っていたけれど、関わっている以上、何が起こるかはわからない。高虎さんだって、平穏に過ごしていたのに突然組同士の抗争に巻き込まれ、亡くなってしまった。

私はもう、あんな思いはしたくないし、何より虎鉄を巻き込みたくはない。

その日はなかなか寝つくことができなかった。

翌日、家に帰ってきても、まだ思考に霞《かすみ》がかかったような感覚でいる。朝に要さんとどんな会話をしていたか、あまり思い出せない。この冷気では乾きが悪いだろうから、溜まっていた洗濯物を片付け、干していく。

部屋の中に干した。

そのあとは忘れていた仏壇のご飯と水を取り替える。

母と高虎さんの遺影に手を合わせ、ぼうっと高虎さんの写真を眺める。

「……バチが当たったのかな」

高虎さんがいるのに、要さんに惹かれてしまった。そのバチが当たったのだ。

結局、要さんも極道関係者だった。

要さんが高虎さんのようなことになるとは限らない。そうわかっていても、やっぱり怖い。あの時の高虎さんの、体温がなくなっていく感覚を思い出しては、ぞっとした。

もう嫌だ。でも、要さんと離れたくはない。

自然とこぼれる涙に、顔を覆った。

「かあかー？」

一人でヒーローベルトで遊んでいた虎鉄が、私のほうへとことこと歩いてくる。こんな姿は見せたくない。

「虎鉄、ごめんね。なんでもないよ」

「どちたのー？　わるいやつは、ぼくがやっつけてやるよ！」

「ありがとうね、虎鉄」

私は虎鉄をぎゅっと抱きしめた。

高虎さんが残してくれた、宝もの。

この子のために、私はどういう選択をすれば間違えないのだろうか。

◇◇◇

妃奈子たちが帰ったリビングのソファで、一人頭を抱えていた。

恋人が極道関係者だったなんて、ショックに決まっている。あの時の妃奈子には、明確な拒絶反応が見えた。

しかも俺にはまだ、妃奈子に言いそびれてしまっていることがある。

——俺には、過去の記憶がない。

以前、妃奈子に話した過去の話は、すべて壬生組長が考えてくれたものだ。『過去の記憶がないと、これから生きていくのに不便だろうから』と言ってできた作り話。あまりに説明することが多すぎるのと、自分でも知らないことばかりで、どれから話せばいいかわからない。だから過去の話になると迷いが生じていた。

彼女に対して誠実ではなかったかもしれない。でも過去の記憶がないなんて情けないことを告げるのを躊躇するほど、俺は妃奈子に惹かれている。

絶対に妃奈子を手放したくない。

彼女が帰ったあと、またじっくり話がしたいとメッセージを送ったけれど、返信はない。

もっと深い関係になったら、親父を紹介するつもりだった。段階を踏みたかったのに、亜里沙さんのせいだ。……と言いたいところだが、隠していたのは俺なのだから、言い訳をする資格はない。

亜里沙さんはどうして急にあんなことを言いだしたのか。

あの時彼女は、妃奈子に聞こえないように俺に『要さんの正体、知ってるよ。知りたかったら亜里沙の店に来て』と耳打ちをした。

俺の正体を知っているとは、どういうことだろうか。つまりそれは、俺の過去を知っているということか。俺自身も知らないことなのに。

スマホを眺め、妃奈子とのメッセージを読み返す。クリスマスのあと、年末年始も一緒に過ごそうと約束をした。

俺の短い人生のなかで、これほど幸せなことはないと、何度思ったことか。そしてこれから妃奈子たちとともに、思い出を増やしていけることに未来への希望を見いだしていた。

でもそれは今、急に叶うかどうかもわからない未来となってしまった。

俺がここで深追いをしては、妃奈子も心を痛めるだろう。しばらくは、彼女からの連絡を待つことにした。

そのかわり俺は仕事後に、亜里沙さんが働いているキャバクラに足を運んだ。彼女は金に困っているわけでもないのに昼はオフィス、夜はキャバクラで働いている。特に夜の世界が好きらしく、遊び半分で楽しんでいるようだ。

亜里沙さんが何を知っているのか、確認する必要があった。もし俺の過去を知っているのなら、教えてほしい、という気持ちもある。世話になっている親父の壬生組長ですら、知らないと言っていることだ。

「いらっしゃいませ！」

煌《きら》びやかな店は苦手だ。

ここは染谷組が運営しているキャバクラで、亜里沙さんが強引に働きたいと言いだし、採用することになったらしい。無理やり一度連れて来られてからは、足を踏み入れたことがなかった。

黒服の男に出迎えられ、ＶＩＰ席に案内された。その席は閉鎖的で人目がないぶん、不安がある。俺はいつでも店を出られるように、出口への動線を確認した。

「少々お待ちください」

誰も指名をしていないのに、亜里沙さんが現れた。彼女はピンク色のドレスに身を包み、露出が多い。客の男性たちは喜ぶのだろうが、俺には寒そうだとしか見えなかった。

「要さん、やっぱり来てくれたんだ！」

「話を聞きにきただけです」

「お酒は頼んでくれないのー？」

「では一番高い酒と、ウーロン茶を」

高い酒を注文しておけば、機嫌を損ねることはないだろう。

「要さん、最高！」

腕を搦めとられたが俺はやんわりとそれを解き、距離を取った。下戸の俺でも知っている高級なシャンパンがすぐに運ばれてきて、ご機嫌な亜里沙さんがグラスを持ち上げる。

「かんぱーい！」

俺は酒が飲めないので、別に頼んだウーロン茶をひと口飲んだ。今日は潰れるわけにはいかない。

「それで、私の正体を知っているという話でしたが」

「まさか要さんがね……びっくりしちゃった」

「どういうことですか」

「なんにも聞いてないなんて、かわいそうねえ～」

亜里沙さんは楽しそうに俺を煽る。

この様子だと、本当に何かを知っているように見える。どちらかというと彼女は計算などできない女性なので、考えていることがわかりやすい。

「はい。私は聞かされていません」

「そっかそっかぁ……」

亜里沙さんは口紅で真っ赤にした唇を、にやりと歪ませる。

「何か企んでいますね」

「別にぃ～。でも、私が要さんの大きな秘密を隠し持ってるってことを忘れちゃだめだよ」

「私をどうしたいんですか。目的は？」

俺の過去など、後回しだ。まずは彼女の目的を明確にしておきたい。ある程度、予測はつくが。

「あの女と縁切って、私と結婚して」

亜里沙さんは、グラスを手に持ったまま俺の顔をじっと見つめている。いつになく真剣な顔だ。でも、彼女の気持ちに応えることはできない。

「……それは、できないとお伝えしたはずです」

「何それ。じゃあいいんだ。要さんの秘密を組員とかみんなにしゃべったら、どうなるかわからないよ。パパもびっくりしてたもん」

「……っ、染谷組長に話したんですか」

「え？　うん。そしたらすごい喜んでたよ。大ニュースだー！って」

俺は頭を抱え、深くため息を吐いた。これはさらに面倒になる予感がする。でも少し考えればわかることだ。考えなしの亜里沙さんが黙っていられるはずがない。

亜里沙さんの父である染谷組長は、狡猾《こうかつ》な人間だ。

弱小だった組を、金の力で大きくした。他の組長に取り入るのがうまく、仕事を回してもらうことも多いそうだ。胡散《うさん》くさい男だと思っていたので、壬生組長が見合いの話を持ってきた時は驚いた。裏の世界にはいろいろとあるのだろう。壬生組長の顔を立てて了承したけれど、納得はしていなかった。

「つまり亜里沙さんと結婚しない限り、俺の過去は教えてもらえないんですね」

「そういうこと！」

彼女の目的ははっきりした。

俺が亜里沙さんを選ばない限り、俺の過去は教えてくれないということだ。壬生組長も知らないという俺の過去を、彼女たちに握られているのは癪《しゃく》ではある。それに染谷組長が喜んでいたというのは疑問だし、少し引っかかる。

だが、たかが俺の過去。それほど大きな問題にはならないだろう。

それより俺は、過去よりも未来を取る。

過去がどんなものだとしても、妃奈子たちとともに生きていきたい。

「それなら話は以上です。帰ります」

「え～本当にいいの？　もう一杯くらい注文していってよー」

「結構です」

「ケチー。金丸さんならもっと注文してくれるのにー」

「……金丸？　金丸組の？」

その名前を聞いて、俺は立ち上がりかけていた腰を再び下ろした。

「うん、そうだよー？」

彼女は巻いた髪を指先で弄《いじ》りながら平然と答える。

「……金丸組長とも親交があるんですか」

俺は慎重に質問をする。でも彼女は、顔色ひとつ変えない。

「当たり前じゃん。パパと仲良しだし～」

彼女は軽く答えながら、シャンパンを飲む。

悪気なく言うということは、亜里沙さんはことの重大さをわかっていないらしい。

染谷組長は仁応会の人。一方で金丸組長という人物は、仁応会と敵対する組織、桜坂一家内の組長だ。つまり、仲良くしてはいけない関係。そもそも、知り合いだという話も聞いたことがなかった。恐らく壬生組長の耳にも入っていない情報だろう。

どうして二人に親交が……。

「……気が変わりました。追加します」

「やったぁ！　じゃあねー亜里沙、アレがいいな～」

彼女がさしたのは、ＶＩＰ席のカーテンの隙間をちょうど通りすがった黒服が運んでいる酒だった。俺にはなんの酒かわからず黒服を呼ぶと、ＶＩＰ専用の高い酒らしい。通常のメニューには載っていないようだ。

「ではそれを、お願いします」

さすがキャバ嬢だ。高い酒をよく知っている。俺は情報料だと割り切り、注文した。

「要さん愛してるっ！」

抱き着かれても、今は無下に拒否ができない。

酒が来てもう一度乾杯をする。もちろん俺は、少し口をつけただけだ。

「それで金丸組長は、染谷さんたちとはどういう話をするんですか？」

「えー？　お金の話ばっかりだよー」

彼女が抜けていてよかった。疑問も持たず、教えてくれる。

「お金の話ばかりでは、亜里沙さんはつまらないんじゃないですか」

「そうそう。車買ったとか、土地買ったとか、そんな話ばっかり。まあ私もそのお金でバッグとか買ってもらえるからいいんだけど～」

「そんなに仲がいいんですね」

「なんか、パパとは旧知の仲?らしいよ～」

「……なるほど」

敵対する組織として、かなり問題となる行動だ。グラスを持つ手に汗が滲む。

「だから要さんのことをパパに言ったら、金丸さんに話したらとんでもないことになるぞって盛り上がってた～」

また、重要な情報だ。

いったいどういうことだ?

ただの俺の過去が、どうしてそんなネタになるのか、理解できない。でも今の情報で、危機感が増した。俺の過去をきっかけに染谷と金丸が繋がっていることが知られたら、仁応会内で染谷組は潰されるだろう。最悪、金丸組を巻き込んでしまったら、大きな抗争となる可能性もある。

極道内部の仕事をしていない俺でも、壬生組長の話を聞いていれば、他の組織との関係性や線引きが大事だということはよくわかっている。

「とんでもないこと、とはなんでしょうか」

「さあ？　亜里沙も知らなーい」

顔色を見る限り、嘘を吐いているようには思えない。これ以上のことは知らないようだ。考えても理解ができない。亜里沙さんが脅しの材料として使うならまだわかるが、組長までも。どうして俺の過去にそこまでの価値があるのか。

「勝手に二人で盛り上がるんだもん。『それはいいことを教えてもらいましたな』なんて金丸さんがご機嫌になるから、パパもすっごくうれしそうにしててね。あとでこっそり『金になるぞ』って教えてくれたの」

彼女は興がのってきたのか、組長たちの口調を真似て次々と暴露をしてくれる。

「要さんと一緒にいたあの女の話をした時も、私が振られたっていうのに、うれしそうにするんだもん！」

「……彼女のことも話したんですか⁉」

「当たり前じゃん！　要さんを寝取られたんだから！」

ぞくっとした。妃奈子さんが関わってくるとなると、俺の中でさらに話が大きくなる。

「いや、私が勝手に彼女を好きになっただけですから。……でも、もう一度よく考えてみます」

心にもないことを言った。ただ、ここで亜里沙さんを引き留めておきたい。

「よかったー！」

亜里沙さんがはしゃぐ姿を、俺は冷静に……いやむしろ、焦りながら見ていた。

思ったよりも状況は深刻なのかもしれない。

悪化すれば、妃奈子たちに矛先《ほこさき》を向けられる可能性もある。

「亜里沙さん、今日私たちが話したことは、染谷組長には話さないでもらえますか」

「なんでー？」

「婚約破棄をお願いした手前、隠れて会っているというのは組長の怒りを買う可能性があります。そうすると完全に結婚の話はなくなります。だからまずは、私から組長に報告したいんです」

亜里沙さんの頬が赤く染まる。

「それもそうだね！ 秘密にしとく～」

もちろん、嘘だ。今日のこの話を知ったと気づかれれば、俺の命もどうなるかわからない。

「っていうことは、亜里沙と結婚する気になったってことだよね？」

「……準備しておきます」

俺は作り笑いを彼女に向け、立ち上がった。

今、はっきり答えを出すのは危険だ。

「ありがとうございました～」

俺は思わぬ情報を手に入れ、キャバクラを出た。

亜里沙さんから得た情報は、壬生組長に報告が必要だ。

しかし組長に話すより前に、独自に調査をしたほうがいいだろう。不確かな情報で、壬生組長の手を煩《わずら》わせたくはない。

慣れない店に行ったらどっと疲れた。家に帰る気分にもなれず、バーに入った。酒を飲むつもりはないが、一人で考え事をしたい気分だった。本当なら妃奈子たちの顔を見て癒やされたい。でも今の俺には、そんなことをする資格はない。

路地裏にある隠れ家的なバーの店内は薄暗く、カウンターには数人しかいない。その中に、見覚えのある人物がいた。

「中津先生」

声をかけるか迷ったが、目が合ったので会釈をした。

「よぉ」

中津先生はいつもの白衣ではなく、黒のシャツに黒のスラックスという出で立ちで、大人の男という感じだ。前髪を上げているとずいぶん印象が変わる。先生は確か四十五歳で、昔から仁応会つきの医師らしい。特に壬生組長とは仲がよく、順子さんも含めて三人でよく飲んでいるところに、俺も強引に誘われることがあった。

「こんなところで会うなんて、めずらしいですね」

「たまに一人で飲むんだよ。悪いか？」

「いえ。まさか」

促され、隣に座った。

「お前こそ、酒が飲めないくせにバーに用でもあるのか？」

俺はノンアルコールのカクテルを注文した。この見た目で酒が飲めないというのは、たまに情けなくなる。

軽く乾杯して、ウイスキーをロックでちびちびと飲んでいる中津先生の隣で黙ってバージン・モヒートを飲む。さっき口だけつけた高い酒よりもよほどおいしい。

「で、どうするんだ」

「……何がですか？」

「彼女を手放すつもりなんだろう」

「……っ」

炭酸が喉に詰まり、咳《せ》き込んだ。いきなり妃奈子とのことを聞かれるとは思わなかった。

「中津先生は、なんでもお見通しなんですね」

「そんなことはない。お前が一人でバーに来るということは、何かしらの理由があるのだろうと思っただけだ」

中津先生がメガネの縁を指先で上げる。

出会ってから数年経つが、中津先生のことはまだよくわからない。俺のことをなんでも知っているような顔をしているのに、何も知らないと言う。誰も人を寄せつけない雰囲気を纏っているのに、壬生組長や順子さんとはとても仲がいい。不思議な人だ。

「先生も、俺の過去は知らないんですよね」

「……そうだな」

壬生組長も中津先生も順子さんも、いつ聞いても『知らない』としか言わない。確証はないが、俺は少し疑っていた。

もし俺自身が過去を知れば、亜里沙さんたちに脅されることはなくなるかもしれない。だから、近いうちに壬生組長に話を聞くつもりでいる。自分はいったい何者なのかと。

「過去がどうであれ、好きにしたらいい。もう誰も文句は言わないだろう」

「ありがとうございます」

背中を押してくれる言葉だ。

「……私も、責任を感じないわけではない」

「中津先生には、関係ありませんよ」

「……そういえば、そうだな」

カランと解けた氷が転がる音がする。店内にはムーディーなBGMが流れ、くすくすと微笑み合う男女の声がかすかに聞こえてくる。いつもなら居心地の悪い空間だが、今はなぜか心地いい。

モヒートを飲むと、口の中に爽やかな刺激が広がった。

「……俺は、初めて愛する女性に会いました」

「何を恥ずかしげもなく」

中津先生が、ふっと笑った。

「本気なんです。最初は親切な方だと思っていただけなのに、知れば知るほど惹かれて、彼女を家族まるごと愛したいと思うんです。守りたいと……」

こんな感情を抱いたのは初めてのことだ。

妃奈子を好きな理由はいくつでも思い当たるが、どうしてここまで彼女に惹かれるのか、彼女でなければだめなのか、俺自身も頭が追いつかない。ただ、彼女を求めているのは確かだ。

「アルコールが入ってないのに、酔ってるのか」

「……そうかもしれませんね」

俺はカウンターに両肘をついた。額に手の甲を当て、うつむく。

妃奈子たちを離したくはない。でも、俺にはやらなければいけないことがあると気づいた。愛する彼女とその子どもを、それに巻き込むべきではない。

中津先生と話をしているうちに、自分の考えがすっきりした。

しばらくは、染谷組長たちの動向を気にする必要がある。亜里沙さんはすでに妃奈子の存在を染谷組長に話してしまっている。俺の行動次第では、彼女たちに危険が及ぶことも考えられるだろう。

――もう妃奈子たちとは、一緒にいられそうにない。

楽しみにしていた三十一日なのに、気分は最悪だった。

年末年始は要さんと約束をしていたので、待ち合わせ場所に向かうつもりで出かける準備をする。当初は一緒にスーパーに寄って、要さんの家で年を越す予定だった。でも二人の関係にヒビが入った今、どうなるかわからない。

虎鉄が楽しそうにしていることに、胸を痛める。

◇◇◇

「かあか！　ゆき！」

窓にへばりつく虎鉄に呼ばれて外を見ると、ちらほらと雪が降りはじめていた。最近寒さが厳しいとはいえ、この時期に関東での雪はめずらしい。みぞれ程度のものだけど、虎鉄はうれしそうにはしゃいでいる。

私は雪を見るといつもつらいことを思い出すので、複雑な気持ちだった。

要さんとのことを考えた結果、やっぱり離れられないと結論が出た。高虎さんには申し訳ないけれど、もうこんなに好きになってしまった。離れたとしても、彼に危険が迫る時に傍にいられないことのほうがつらい。それなら、隣で見守っていたい。

極道だとか、極道に近い立場だとか、そんなことはもう関係ないと腹を括《くく》った。

今日はその話をするつもりだ。

泊まりの準備をしている時、インターホンが鳴った。出ると、約束をしていた要さんが立っていた。彼はきっちりとした黒スーツ姿で、年末年始をゆっくり過ごすような服装ではなく、嫌な予感がした。

「こんにちは」

「え……要さん」

「かなめー！」

虎鉄はうれしそうに、要さんの足に抱き着く。真剣な顔をしていた彼の表情がわずかに和らいだ。

「どうしたんですか？　今から行くところで……」

「話があります」

要さんはただならぬ雰囲気を纏っている。

「中へ、どうぞ」

狭い室内へ案内して、座布団の上に正座をした要さんに、温かいお茶を出す。

「……すみません。すぐ帰りますので」

彼の表情や服装から予感はしていたけれど、その言い方で、今日の約束はなかったことになるのだと、確信した。

「あの、話って……」

緊張で手に汗をかいている。何を言われるのか察しはついていたけれど、心臓はバクバクとうるさい。

神妙な面持ちをした要さんは、息を呑んだ。

「申し訳ありません。俺と、別れてください」

要さんが目も合わせず、頭を下げた。

今日、顔を見た瞬間から、そう告げられることはわかっていた。

「……理由を聞いていいですか？」

声がわずかに震える。気づかれてしまっただろうか。

要さんは両ひざに手を置いたまま、項垂れている。時間をかけて顔を上げ、ようやく目が合った。

「……俺は、恩のある親父を裏切れません。親父に言われれば、組の仕事を受けることもあるかもしれません。そうなれば、妃奈子たちに迷惑がかかります」

要さんが私を思って離れようとしているんじゃないかと、期待をしていた。

「私が、極道関係者でもいいと言っても、だめですか？」

要さんの瞳が一瞬揺れる。

「気持ちはうれしいです。ですが、妃奈子たちを巻き込んでしまう可能性があります。もしそんなことになったら、俺は一生後悔します」

要さんの今にも泣きだしそうな顔に、ぎゅっと胸が締め付けられる。私も泣きそうになるのを堪えた。

「何を言っても、だめですか」

「……はい」

要さんが、力強く頷く。

どう説得しても、彼の決意は固いらしい。

「……わかりました」

高虎さんも、同じようなことを言っていたことを思い出した。

出会ってから先に好きになったのは私で、アプローチをしていたけれど彼はしばらく私を受け入れてくれなかった。理由は、『巻き込みたくない』だ。それでもいいと私が諦められずにいると、高虎さんは根負けした。

結果、高虎さんは私のことをたくさん愛してくれた。母のことも大切にしてくれて、借金まみれだった私に今まで知らなかった、多くの幸せな時間をくれた。

でも最期は極道だったから、この世を去った。

要さんも、違う世界の人なのだと思い知らされる。

「要さん、今までありがとうございました」

私は懸命に笑顔を作り、頭を下げた。

「……妃奈子は、納得してくれましたか？」

「いいえ。でも、もうこれ以上話しても、意味のないことです」

極道でもいいからと、何度言ったところで無理なのだろう。それに、私にも考えるところがある。

「……本当に、好きでした」

彼は苦しそうな顔で告げる。私もずっと胸の奥に何かが詰まっているような感覚で、苦しい。

「私もですよ」

「もし、俺の……」

要さんが言いかけて、言葉を止める。しばらく見つめ合ったあと、目をそらした。

いったい何を言おうとしたのだろう。

「いえ、なんでもありません」

「どちたの―？」

ずっと私の足にしがみついていた虎鉄が、間に入ってくる。

「虎鉄くん、ごめんな」

要さんの大きな手が虎鉄の頭を撫でる。

「忙しくて、もう会えないかもしれない。今日も、帰らないといけないんだ」

ぽかんとした表情で要さんの話を聞いていた虎鉄の顔が、徐々に歪んでいく。

「う、うあああ……」

虎鉄が涙を流しはじめた。私が抱きしめようとするより先に、要さんが虎鉄を抱きしめる。

「……ごめんな」

その姿を見て、涙がこぼれた。大丈夫、今なら虎鉄に見られていない。私は今のうちにと、涙を流した。

「……じゃあ、俺はこれで……」

玄関先で、要さんを見送る。

虎鉄はまだ要さんの足にしがみついている。私はそれを無理やり引き剥がし、虎鉄を抱き上げた。

「うう……」

ぐすぐすと泣いている虎鉄の背中を優しく撫でる。

「妃奈子、最後に抱きしめてもいいですか」

「……はい」

玄関先で、抱きしめ合った。間に虎鉄が挟まっていて、まるごと愛されているような感覚だった。温かい要さんの体温が伝わってくる。私はまたひと筋の涙が頬に流れるのを感じた。

「じゃあ……さようなら」

「あああぁぁぁ！」

また、わんわんと泣きはじめ、要さんに向けて手を伸ばす虎鉄。玄関の外まで出て、彼を見送った。

外はみぞれが降り、凍えるように寒い。

遠ざかる背中を眺めながら、泣いている虎鉄の背中をぽんぽんと叩いて、あやす。

高虎さんの最期の日も、雪が降っていた。

でも、あの時よりはいい。

要さんはまだ、生きているから。

第七章　欠落

年が明けて一月三日。

虎鉄は年末からずっと元気がなかった。私の勝手でこんなに悲しませてしまって、心が痛む。

「虎鉄ほら、おもち切ったよー」

「うん……」

小さく切った焼いたおもちを、砂糖醤油《じょうゆ》につけて食べる。いろいろなものが食べられる三歳になって迎えたお正月。せっかくの機会だから、おもちを食べさせてみた。

詰まるのが怖いので必要以上に小さく小さく切っているけれど、虎鉄は好きみたいだ。

「おいち！」

おいしいものを食べる時と、ガオガウレンジャーの話をしている時は少し元気になる。

「来週からはまた保育園、楽しみだね。お友達と遊べるもんね」

「うん！」

私がもう少し、他の保護者やご近所さんと積極的に交流をしていたらいいのだろうけれど、仕事があってそれもままならない。結局、今は公園で会った親御さんとその都度お話しをする程度だ。もっとお友達が増えたら、虎鉄も要さんのことを忘れられるかもしれない。

とはいえ、私は要さんのことを諦めてはいない。

要さんはああ言って別れを告げてきたし、その理由も頷けた。

でも彼が私を巻き込みたくないという気持ちを上回るほど、私は要さんのことが好きになっていた。

今すぐ要さんに会いたいのを、必死に我慢している。そうでなければ、彼が苦渋の決断をした意味がなくなってしまうからだ。今はまだ、動く時ではない。

「かあか、これほしい！」

虎鉄がテレビを指さした。テレビではＣＭが流れていて、そこにはおもちゃが映っている。

「べるとに、いれると、できるの！」

「え？」

虎鉄の主張を聞きネットで調べてみると、先日クリスマスプレゼントにしたガオガウレンジャーの変身ベルトに装着するものがあるようだ。別売りのプラスチックのカードが何種類もあるらしく、それを入れて完成するらしい。知らなかった。

ひとつひとつの金額は高くないので、これくらいなら買うことができそうだ。最近は私のせいで振り回すことも多かったので、お詫びの気持ちも込めて買ってあげたい。

「スーパー行くし、見にいこうか」

「うん！」

虎鉄が笑顔になる。レンジャーがいてくれてよかった。

私たちはさっそく厚着をして、外に出た。

年末に降った雪はみぞれだったので、積もることはなかった。虎鉄は残念がったけれど、私は安堵した。積もると、自転車での移動ができなくなってしまう。

いつものように自転車で大型ショッピングセンターに向かい、おもちゃ売り場に寄った。欲しがってしまうので立ち寄ることの少ないおもちゃ売り場。よくよく見てみると、ガオガウレンジャーのコーナーが大きい。人気作品なのだとよくわかる。

虎鉄は目をキラキラさせながら棚のおもちゃをひとつずつ見ていくが、例のカードがない。棚に値札はあるので販売はされているみたいだけれど、商品が見当たらない。店員さんに聞くと、品切れしていると教えてくれた。

「虎鉄、売れちゃってないみたい」

「え――」

がっくりと肩を落とす虎鉄。私も、そこまで人気だとは知らなかった。

「インターネットで買えるか探してみよう」

ネットなら、きっと売っているだろうと、軽く考えていた。

「……いま、ほしい！」

「うーん……でも、他におもちゃ屋さんないからなあ……」

スーパーは多いけれど、おもちゃが売っているところは意外と少ない。このショッピングセンターが唯一というくらいだ。そのかわり、規模が大きくて品揃えもいい。だから、このお店になければないと早々に諦めていた。

「かあか！　あそこ！」

「ん？　どこ？」

一瞬、おもちゃを見つけたのかと思ってきょろきょろしてしまった。でも、何も見当たらない。

「おもちゃやさん！」

首を傾げている私のコートをもどかしそうに引っ張ると、虎鉄はそのまま歩きだしてしまう。

「他におもちゃ売ってるところ、あったっけ……？」

このあたりだと、ここのおもちゃ売り場くらいしかないはず。

「かなめのおみせ！」

「……ああ！」

虎鉄は、要さんとよく会っていたスナックの隣にあるおもちゃ屋さんのことを言っているのだろう。だいぶ前におもちゃ屋前のカプセルトイに夢中になっていたことがあった。あそこは歴史がありそうなお店だった。あまり期待はできそうにないけれど、行って確かめなければ虎鉄は納得しなそうだ。

「いきたい……」

気がかりなのは要さんのことだ。もし会ってしまったら気まずいし、私も自分の気持ちを抑えられる気がしない。ただ、順子さんが復帰をしてスナックが営業を再開した今、要さんが昼間、あの店にいることはないだろう。そんな期待を込めて、虎鉄の希望を優先させることにした。

「そうだね。行ってみよう！」

「おー！」

虎鉄が、きゃいきゃいとはしゃいでいる。

再びおもちゃ屋さんまで自転車を走らせる。スナック横に自転車を停めると、手を繋いだ虎鉄が興奮気味に店に入っていく。

「かあか！　はやくはやく！」

店内は想像どおり懐かしい感じがした。私の親世代が通っていたようなおもちゃ屋さんだ。小さいお店の棚いっぱいにおもちゃが積み重なっている。中には埃をかぶっている、レトロなものまである。

「あった──！」

「えっ、本当に!?」

虎鉄が両手で箱を大切そうに持ってきて見せてくれた。それはＣＭで見た、あのカードで間違いない。しかもひとつだけではなく、棚にはたくさんの在庫があった。私はもうひとつ、箱を手に取った。

「ええっ！　ふたつもぉ……っ!?」

驚いている虎鉄をよそに、ふたつ持ってレジらしき場所へ向かう。

「すみません、これください」

「あいよ～」

奥から出てきたおじさんに会計をして、ビニール袋に入れてもらった。それを虎鉄に差し出す。

「よかったね、虎鉄」

「ありあと、かあか！」

おもちゃを抱きしめ、満面の笑みの虎鉄に、私も大満足だ。年末からほとんど悲しい顔をさせていたので、ようやくほんの少しだけ心が軽くなった。

普段おもちゃを我慢させているから、見つけたうれしさも相まってつい、ふたつも買ってしまった。でも虎鉄の笑顔を見て、沈んでいた私の気持ちも浮上してきた。また仕事をがんばろうという前向きな気持ちになった。

「さ、虎鉄帰ろう」

「ここ！　かなめ！」

虎鉄はおもちゃを抱きしめたまま、スナックの扉にしがみついている。

「要さんは、いないよ」

期待させてしまってはだめだという言い方をしたけれど、虎鉄は信じてくれない。

「いきたい！　これみせるの！」

また駄々っ子モードになってしまった。虎鉄は本当にどれだけ要さんのことが好きなのだろう。

「また今度にしよう？　今日は帰ろうよ」

「やあだ！」

虎鉄は地団駄を踏み、目にはうるうると涙が溜まっている。それほど虎鉄にとって要さんは大好きな人になっているのだと思うと、切なくなる。

「困ったなぁ……」

その時、スナックのドアが開いた。虎鉄がハッとして扉から離れると、中から顔を出したのは順子さんだった。

「外で話し声が聞こえると思ったら……妃奈子ちゃんじゃないの！　僕ちゃんも！　来てくれたの？」

順子さんはばっちりメイクで紫色のスーツを着て、耳元にはきらりと大きなイヤリングが光っている。時間的に、今はちょうど開店準備中なのだろう。

「え、あ、いや」

まさかドアが開くとは思っておらず、動揺を隠せない。中に要さんがいたらどうしようと目が泳ぐ。

「さ、入って入って～」

「でも、開店前ですよね？　今日は遠慮して……」

「わーい！」

私がそう言っている間に虎鉄が遠慮なく中へ入ったので、私も入らなくてはいけない状況になってしまった。恐る恐る足を踏み入れると、店内ではお手伝いをしていた頃には流れていなかった、ジャズ調のＢＧＭが流れている。

「開店前に、すみません」

店内を見回しても要さんはいないみたいだ。ほっと息を吐く。

「えーっと、僕ちゃんのお名前は……」

順子さんが身をかがめて聞くと、虎鉄が元気よく答える。

「こてつです！　こんにちは！　……あれー？　かなめはー？」

「そうそう虎鉄ちゃん。元気ねえ。要ちゃんはいないのよねえ。ジュース飲む？」

順子さんはにこにこと虎鉄を慈しむように見てくれている。

「体調はいかがですか？」

「おかげさまで好調よ～。開店前だけど一杯飲んでいく？　あ、虎鉄ちゃんがいるからだめかしら」

「お構いなく。すぐ帰りますので……」

「あらそう？」

要さんがいないとわかれば、虎鉄も用はないはずだ。それなのに虎鉄はいつの間にか、勝手にソファでくつろいでいた。

「虎鉄、帰るよー」

「ちょっとくらいいいじゃない。はい、リンゴジュース」

「やったあ！」

「妃奈子ちゃんにはあったかいカモミールティーね」

「……ありがとうございます」

テーブルに、マグカップを置いてくれた。あたたかいカモミールティーは、心が和むおいしさだ。

順子さんは「あたしも休憩しちゃおっと」と言って、飲み物を片手に、同じテーブルに座った。

「虎鉄ちゃんは要ちゃんに会いたかったのかしら。最近こっちには顔出してくれないのよねえ。要ちゃんは元気？」

順子さんに会った時点で、要さんの話になるのは想像できていた。だからはやく帰ろうと思っていたのだけれど……。

「……私もわからないんです。お別れしたので」

「そうなの⁉　あらぁ……」

順子さんは大きな目をまんまるにして、驚いている。要さんは私たちのことを話していないみたいだ。

「要ちゃんも苦労したから、いい人に出会えたと思ってたんだけどねえ」

順子さんは頬に手を当て、困り顔だ。

「苦労って……何があったか聞いてもいいものでしょうか」

要さんは家庭の事情が複雑そうだった。『親父』と呼んでいる組長のお父さんは、実の親ではないと言っていたけれど……。

「といっても、あたしも詳しいことは聞いてないんだけど。記憶がないんですって」

「記憶が……？」

現実味のない話に、私はうまく頭の中を整理できないでいた。記憶がないというけれど、以前、要さんは昔の話をしてくれていた。

「……それって、いつからなんでしょうか」

「うんとね、ゴウちゃんが要ちゃんを店に連れてきた時だから……四年前くらいかしら。春だったわ」

ドキッとした。四年前といえば、高虎さんが亡くなった頃だ。忘れられない、四年前の出来事。

『四年前』というフレーズが、私の心臓を掴む。

「ゴウちゃん、という方はどなたですか?」

「要ちゃんの親代わりっていうか、壬生組長よ。壬生剛志。剛の文字だけとって、あだ名がゴウちゃんよ」

要さんから、名前は聞いていた。組長となると私からしたらとんでもなく怖い人のイメージがあり、ニックネームで呼べるような人だとは思えない。

「壬生組長さんと、すごく仲良いんですね」

「そうねえ。仲良しかもね」

順子さんが頬を両手で包み込み、顔を赤くしている。そういう仲なのだろうと、すぐにわかる。あまり深く聞くことはやめた。

「記憶がなくなる前のことは、誰も知らないんですか?」

「そうみたい。ゴウちゃんに聞いても中津先生に聞いても、知らないって言うのよね～。気になるわよねえ」

「ええ……」

心の中がざわざわする。

記憶がないという感覚は、どういうものなのだろう。昔の話をしてくれた時があったけれど、あれは恐らく人に教えてもらった記憶か……もしくは作られた記憶。それを話すのはきっと、とても複雑な心境なのだと思う。

でも、短期間とはいえ恋人関係にあった私に昔の記憶がないことを話してくれなかったのは、心に引っかかる。

「要さんは、どうして私に教えてくれなかったんでしょうか」

私は弱音のようなものを、順子さんに吐き出していた。

「うーん……男ってそういうものなのかもねえ」

「でも私は、話してほしかったです」

要さんは、私の過去も含めて包み込んでくれた。それなのに私は、要さんの抱えている苦しみを何も知らなかった。そのことが悲しくて苦しい。

「本当、男の人って面倒よね。好きな女性の前ではかっこつけたい時があるのよ」

スナックのママといえば、数々の男性を見てきた女性だろう。その点、私は高虎さんというただ一人としか付き合ったことがなく、男性と関わることも少なかった。だから特に、男心というものがわからない。

「お別れしようってどっちから言ったの？」

「要さんです。最初は、要さんが極道関係者だと知って、私が考えたいと言ったんです。でもついていこうと思った矢先に、振られました」

「その気持ちは伝えたの？」

「少しだけ。要さんの決意が固そうだったので、いったん引くことにしたんです」

順子さんは両手で口を押さえて、可愛い仕草で何かを考え込んでいる。

「二人は、相手のこと考えすぎてるんじゃない？　もっと自分勝手になって、気持ちをぶつけちゃいなさいよ」

「でも……」

私にはそこまで飛び込めるほどの自信もないし、何より虎鉄のことを一番に考えたい。そう思うと、私は恋愛をしている余裕なんてない。頭ではそうわかっているのに、要さんに惹かれている気持ちを抑えられないことも、誤魔化せない。

「……生きてるうちにできることは、やっておかないとね」

ぼそっと呟いた順子さんの言葉に、ハッとした。

高虎さんのことが頭に浮かんだ。後悔していることはたくさんある。抗争に向かう彼を、止める手立てはなかったのか。彼の仕事に口出しできなかったとしても、もっとできることがあったんじゃないか。倒れている彼を見た時、すぐに救急車を呼べていれば、私の手で運ぶことができていたら、もしかして……と何度も何度も考えた。

要さんに同じことが起きる可能性はないかもしれない。

でも、何があるかは誰にもわからない。

要さんが生きているうちに、伝えるべきことはすべて伝えておきたい。

「順子さんの言うとおりです」

私はやっと、迷いが断ち切れた。

気持ちがまっすぐ要さんに向かうと、いてもたってもいられなくなる。今すぐ要さんと会って、話がしたい。でも私には虎鉄がいるし、小さい虎鉄を一人家に置いて出かけることはできない。それなら——。

「順子さん、このお店を貸し切るにはいくら必要でしょうか」

「……どういうこと？」

突然の私の質問に、順子さんは目をぱちくりとさせる。

「要さんとじっくり話がしたいので、こちらのお店に呼び出したいんです。そして、申し訳ないんですけど、その間、順子さんには虎鉄を見ていただきたくて……」

私の家でも、要さんの家でも、虎鉄がいる限り、また悲しませてしまう可能性がある。虎鉄のあんな泣き顔はもう見たくない。かといって、私だけが出かけて虎鉄を留守番させるなんてとんでもない。順子さんと二人でこのお店で留守番してもらうにも、三歳の息子を長時間、人に任せるのはまだ不安があった。

だから私がこの店の近くで要さんと話をするしかないと思った。話の内容次第では、スナックに二人で帰ってくることもできる。

順子さんやお店には迷惑をかけてしまうから、順子さんの許可が下りなければ、また他の案を考えるしかない。

「そういうことなら、あたしに任せて！」

順子さんが私の両手を取って、包み込んでくれる。温かくて落ち着く手だ。

「……ありがとうございます」

「あんな顔する要ちゃん見たことないから、二人で幸せになってほしいの！」

「あんな顔って……？」

「なんていうか、いつも気を張ってた人だから、妃奈子ちゃんと話してる時の顔がやけにリラックスしていて穏やかで、びっくりしたのよね」

それを聞いただけで、うれしくて泣きそうになる。私の力だけではなく、虎鉄のおかげでもある。私たちといることで要さんの心をほぐせていたのだとしたら、私も本望だ。

だからこそ、要さんと離れたくない。後悔はもうしたくない。

「じゃあ私、外で電話してきますね。もし会えることになったら連絡します」

「わかったわ。順子、応援しちゃう！　今日は休業にしちゃうわよ！」

順子さんがちょっと楽しそうなので、私も勇気が出てくる。

「お店にまでご迷惑をおかけしてすみません。このお礼は必ずします」

「何言ってんのよ！　先にあたしを助けてくれたのは、妃奈子ちゃんでしょ！」

強い力で、背中をパシンと叩かれた。じんじんとするけれど、母親に背中を押された感覚だ。

「虎鉄。少し出かけてくるけど、順子さんとお留守番できるかな？」

一人で大人しくリンゴジュースを飲んでいた虎鉄は、ぽかんとしたあとに、大きく頷いた。

「できるよ！　こてつ、えらいもん！」

「えらいね。ありがとうね。すぐ帰ってくるからね」

虎鉄の頭を優しく撫でる。

私は何かあったら連絡してほしいと、順子さんと連絡先を交換した。

「任せて～！　いってらっしゃい！」

虎鉄を抱っこする順子さんに見送られ、店を出た。きっと私が出ていく理由をわかっていない虎鉄も、笑顔で私に手を振っている。

要さんに連絡をするためにスマホを取り出した。今すぐ話がしたいと訴えたい。まだ別れから数日しか経っていないのに、往生際が悪い女だと、思われるだろうか。もし拒否をされるならば、それまでだ。諦めるしかない。でも、別れを告げた要さんの表情からは、一緒にいたいと伝わってきた。あの表情を信じたい。

要さんの番号を検索し、電話をかける。

心臓がバクバクと脈打つ。

普段は車の通りなんてほとんどない道なのに、黒塗りの車がブレーキをかけて止まった音が聞こえた。

うるさいなあと思っていたら、突然、背後から伸びてきた手が、口元に布のようなものを押し当ててきた。

「……っ！」

何が起こったのかわからなかった。

けれど意識が遠のき、次の瞬間、視界が真っ暗になった。

暗い中、背中が見える。

あれは誰だろう。

――高虎さん？

逞しくて大きな背中。極道組織に入ったのに、まだそこまでの器ではないと、刺青は入れていなかった。そんなこだわりの強い高虎さんが大好きだった。

名前を呼んでも、彼は振り返らない。それどころか、どんどん遠くへ行ってしまう。

手を伸ばし、声が嗄《か》れそうなほど何度も何度も名前を叫ぶ。

ようやく、その人が振り返った。

でも、それは高虎さんじゃなかった。

――要さんだ。

「……ッ！」

ガクンと頭が揺れ、暗闇から目が覚めた。

冬だというのに汗をかいていて、心臓がバクバクいっている。どうして夢なんか見たのだろう。っていうか私、何をしていたんだっけ……。

「……え……？　……何これ……」

ようやく自分に起こっている事態が見えてきた。

座っている私は両手を椅子の背に括られ、両足首もロープで縛られていた。椅子に拘束され、身動きが取れない状態だ。

確か私は、要さんに電話をかけていた。それがどうしてこんなことに。

「起きたか、お嬢さん」

「ひっ！」

突然、見知らぬ男が私の顔を覗き込んできた。

顔にはいくつもの傷が刻まれ、眉が太く、鋭い目に恐怖心を煽られる。そして恰幅《かっぷく》のいいその容姿には、ただ者ではない貫禄《かんろく》があった。柄のある黒いスーツを着ているが、胸元を崩していたり金色の派手な時計をしていたりで、サラリーマンではないことは一目瞭然だ。

「君が百瀬妃奈子さん」

低くしゃがれた声が私の名前を呼んだ。私にはこんな知り合いはいないし、見覚えもない。

あまりに怖くて、否定も肯定もできなかった。

ここはどこかの倉庫だろうか。埃っぽくて、薄暗い。広さはさほどでもなく、貸し倉庫のような場所だ。

　声をかけてきた男の他に、後ろにもスーツ姿の男が三人ほど立っている。いったいどうして私がこんな目に遭っているのか理解ができない。周囲を見回しても虎鉄がいなそうなことには、大きく安堵した。

　でも、それならそれで、私は何も言わずに虎鉄を残してきている。気を失っていたので、今が何時かもわからない。不安に思っているかもしれないと思ったら、途端に焦りはじめた。

「な、なんですかこれ、離してください！」

「あぁ？」

　少し離れたところに立つ男の威嚇《いかく》するような声に、びくんと肩が震えた。

「おう、待て」

　私の真正面に立つ男は、太い腕を持ち上げ、周囲の男たちを制止する。

「儂《わし》は金丸兵蔵《へいぞう》と申します」

　その名前を聞いて、私は全身の血が沸き上がるような感覚を受けた。

「……高虎さんの……」

　高虎さんのいた金丸組の、組長の名前だ。高虎さんはお世話になった組長をとても尊敬していて、よくエピソードを聞いていた。嫌でも忘れられない名前だ。

「ほう。やはり知っていたか」

「なんのことですか……？」

私が高虎さんと付き合っていたことを、この人は知らないはずだ。だって、高虎さんはいつも私の身の安全を心配していたし、仕事には関わらせないようにしていた。

それならなんの理由で、私が捕まっているのか。今現在、私が親しくしている極道と関わりがある人といえば、真っ先に思い浮かぶのは要さんだ。

「鬼頭高虎と、壬生要のことに決まっているだろう」

二人の名前を聞いて、動揺が隠せない。どうして同時にその名を口にするのか、まったく状況が掴めない。

「まさか高虎が生きていたとはな……儂もすっかり油断しとったわ」

「……っ」

高虎さんが、生きてた？

でもあの時、彼は息をしていなかったし、身体も冷たくなっていた。そして迎えにきた人も、もう死んでいると言っていた。

頭が真っ白になる。

私が茫然としていると、金丸は鼻で笑った。

「なんだ。知らなかったのか？　――壬生要が、鬼頭高虎だということを」

頭を殴られたような衝撃。

あまりの驚きに、言葉が喉に詰まって声を出すことができない。頭の中に高虎さんの顔と、要さんの顔が浮かぶ。心臓が激しく動悸《どうき》して、呼吸も苦しくなってくる。

もしかしてと思っていても、あり得ないと考えていたことが、事実だったなんて。

でもまだ、心から信じることはできない。

「まさか……」

「儂もまさかと思っていたが、染谷の嬢ちゃんが見つけてきたんだ。記憶障害の診断書とやらをなぁ」

私の目の前に、紙がばらまかれる。遠目ではっきりとは見えないけれど、患者名の【鬼頭高虎】という表記はよく見えた。記憶障害……確かに、順子さんも要さんは記憶喪失だと言っていた。金丸は、口から出まかせを言っているわけではないようだ。

「その情報を、染谷から買った。なあ？」

金丸組長がちらりと斜め後ろを見た。染谷という男なのだろう。名前を聞いて、一人の人物が頭に浮かんだ。

染谷亜里沙さん。彼女が『パパ』と口にしていたのは、彼のことだろう。ということは、『染谷の嬢ちゃん』とは亜里沙さんのこと。徐々に頭の中で、人物相関図が出来上がっていく。でもまだ、どうしてこんな状況になっているのかはわからない。

「儂が殺したと思っていた高虎が壬生に拾われ、名前を変えて存在していたというわけだからな。まったく、高い買い物だった」

混乱する思考のなかで、はっきり頭に残った言葉があった。

「……あなたが……殺した？」

唇が自然と震える。身体中が熱くなり、怒りが湧いてくる。

高虎さんの笑顔が頭に浮かぶ。よく『金丸組長が……』なんて話をしていた、高虎さんの笑顔を。自然と涙が込み上げてきた。

「……ふざけないでよ。なんで高虎さんがそんな目に遭わないといけなかったの!?

高虎さんは、あんたのためにって、いつもいつも……！」

勝手に涙がこぼれた。高虎さんは死んでいなかったと言われた。でも彼はまだ、私の中では死んでいる。混乱して、わけがわからない。

「……まさか、おめぇは高虎の女だったのか？」

私が睨んだまま動かないでいると、金丸は豪快に笑いはじめた。

「高虎と知らずに、壬生要と一緒になろうとしてたのか！　こりゃ傑作だ！」

唇を噛んだ。

高虎さんが生きていて要さんと同一人物であることが本当だったら、喜ばしいはずなのに、今はただ悔しかった。こんな人に振り回されていたなんて。

「高虎はいい奴だったよ。従順で、儂の命令はなんでも聞いた。けどなぁ、知ってはいけないことを知ってしまった。だから抗争を理由に、殺した。……はずだった」

全身が怒りで燃え尽きてしまいそうだ。恐怖と怒りで肩が震える。

「壬生要も大人しくしていれば、儂は何をするつもりもなかった。しかし最近になって、こそこそと染谷周辺を嗅ぎ回ってると聞いてな。面倒なことになる前にお嬢さんを人質に、奴を誘《おび》き出すことにしたんだ」

組長ともなると、落ち着いていて貫禄がある。だからこそ、腹が立った。

「そんなことをしなくても、要さんなら正々堂々と来ますよ」

何かを調べていたのだとしたら、なおさら。彼は逃げるような人ではない。要さんは裏で危険なことをしようとしていた。だから私に別れを告げたのだろうと、察した。

「甘いねえ。保険だよ、保険」

私には、極道の考えなんてわからない。でも、高虎さんを殺して、要さんや私にまで手をかけようとしているのなら、それは許されることではない。

「お嬢さんは人質だ。とはいえ、真実を知ったおめぇも、命はないがな」

金丸の口元がにやりと歪み、ぞっとした。この人は自分のために、慕っていた部下さえ手にかけるような人だ。私なんかひとたまりもない。

思ったよりも、絶望的な状況らしい。金丸の後ろにいる男たちは、ニヤニヤして私を見ている。

このまま殺されてしまうのか。

私を人質にして、要さんをここに呼び寄せるのなら……私は頭をぐるぐると駆け巡らせる。虎鉄のことや、要さんのこと。どうせ抜け出せない現状と、抜け出せたとしても殺されてしまう可能性。

でもやっぱり、いくら考えてもどうすればいいかわからない。

要さんが来るのを大人しく待つのは嫌だ。だからといって、余計なことをして怒らせるのも得策ではない。でも……どうしても私には聞きたいことがあった。

「金丸組長さん」

「……なんだ？」

金丸は私を訝《いぶか》しげに見ている。

「何人も殺さなければいけないほどの、あなたの秘密ってなんですか？」

金丸が黙り込んだ。

「それを知っている人を全員殺していくつもりですか？　私には極道組織のことはわかりませんけど、それでこの先も秘密を守り切れるんですか？」

冷静に話をするつもりが、気持ちが高ぶってしまい、エスカレートしていく。私は金丸のやり方が気に入らない。極道の世界では当たり前のことなのかもしれないけれど、許せない。

「後ろの人たちだって、いつ裏切るかわからないんじゃないですか？　その人たちも処分するつもりですか？」

「うるせえ！」

地面が揺れるような声が轟《とどろ》く。びくっと肩が跳ね、さすがに口をつぐんだ。

「おしゃべりだねぇ、お嬢さん」

片手で頬を掴まれる。

「んんっ！」

顔を潰されるような痛みだ。でも私は金丸を睨み続ける。

「自分がどんな立場か理解しているのか？　いいかげんに大人しくしろ。壬生が来る前に殺してやってもいいんだ」

「私を殺したらきっと、高虎さんが……要さんが許さないと思います」

もし二人が同一人物だとしたら、私はよく知っている。高虎さんの強さを。

高虎さんに比べて要さんの身体はシュッとしているけれど、筋肉はしっかりついていた。むしろ、無駄なものが削ぎ落とされ洗練された身体をしていた。金丸のようなたっぷりとしたお腹を持つ人が敵うはずがない。

そして、私よりもきっと高虎さんの強さを知っているのは、この人だ。

「あの人の強さを、よく知っていますよね？」

「……っ」

初めて金丸が怯んだ。私なんかの言葉でも動揺させることができるのか。でもそのかわり、金丸は急に焦りはじめた。

私は絶対に虎鉄を置いて命を落とすことはできない。だからといって、黙ってもいられない。わずかでも金丸たちを揺さぶり、動揺させたかった。

要さんが来てくれた時に、少しでもそれが彼に有利に働くことを信じて。

「てめぇ……」

金丸がぎりぎりと歯を食いしばる。わかりやすく煽られていた。けれどさすがに組長だ。それだけではまだ足りないようで、にやりと笑った。

「壬生要が来る前に、遊んでやろうか。そうすればあいつは動揺して動きも鈍くなるだろう。椅子に括りつけたまま、ひん剥いてやれ」

「へい！」

金丸の背後の男二人がにじり寄ってくる。金丸は黙ったまま腕を組み、私を睨みつけている。染谷らしき男は、ニヤニヤしたまま立っている。

伸びてきた男の手が私の着ているカットソーを一気に上までまくり上げた。下着が見え、私は唇を噛んだ。羞恥よりも悔しさが勝る。

「声も上げないなんて、つまらん女だな」

金丸が鼻で嗤《わら》う。

「壬生要が後悔するほど、めちゃくちゃにしてやれ」

声が鋭く響き、異様な雰囲気だ。すごく怖いけれど、殺されるよりはマシ。そう考えてぎゅっと目を閉じた。

「妃奈子っ！」

その時、愛おしい人の声がした。

瞼を開くと、倉庫の入り口から要さんが走ってくる姿が見える。

「妃奈子、無事か」

要さんの姿を見たら、張りつめていた気持ちが一気に緩まる。我慢していた涙がこぼれた。私は涙を流しながら、こくこくと頷く。

「……これはいったい、どういうことですか」

要さんが金丸たちを睨みながら、私の手足を縛っているロープに手をかけた。

「妃奈子、今外す……」

「動くな」

金丸が懐から拳銃を取り出し、要さんに突きつける。その瞬間、要さんは動きを止めた。

「……生きてたか、高虎」

金丸の低い声が、その場に響いた。

第八章　真実

埃っぽい倉庫の中、緊迫した空気が流れる。

金丸は要さんの顔をじっと睨みつけている。要さんも同じく、首謀者である金丸を睨んでいた。

「高虎、元気だったか。髪と体つきが違えば、別人に見えるもんだな」

「……高虎？　いったいなんのことでしょう」

要さんは記憶喪失なのだから、突然そんなことを言われても、わけがわからないだろう。私だってまだ信じ切れていない。

「あれほど儂に尽くしてきただろう、高虎。おめぇの親だよ」

どの口が言うのか。間に入りたい衝動に駆られるが、口を出せる雰囲気ではない。

「私には覚えがありませんし、私の親は、壬生組長だけです」

金丸は舌打ちをした。

「……記憶喪失というのは、本当みたいだな」

「あなたは、まさか……」

「金丸だ。おめぇが記憶をなくす前の親なんだよ」

要さんは金丸を睨んだまま無反応だ。

「……誰だ、って顔してるな」

私は黙って話を聞くことしかできない。

「儂としちゃあ都合がいいが、いつ記憶が戻るとも限らん。金丸組に来ないか。高虎
……いや、壬生要」

「何を言っているんですか」

私も理解ができなくて、唖然とする。先ほど殺すと言っていた要さんを、今度は自分の仲間にしようとしている。

「高虎は強く、腕が立った。あんなことがなければ、儂も高虎を若頭にしたいくらいだった」

「あんなこと、とは？」

「……思い出せないなら、そのほうがいい」

それは恐らく、金丸の弱みでもあるのだろう。要さんは、口角を上げてわずかに笑った。拳銃をつきつけられているというのに、妙な余裕と威圧感がある。

「自分の目の届くところに置いて、もし私の記憶が戻ったら殺すつもりでしょう」

金丸が黙り込む。

「俺はカタギの人間です。そして、俺を拾ってくれた壬生組長を裏切ることは絶対にしません」

要さんの目はまっすぐで迷いがない。年齢や貫禄は明らかに金丸のほうが上なはずなのに、要さんも全然負けていない。それどころか、金丸のほうが押されている。

「……そうか」

「それよりまず、彼女は関係ありません。今すぐ解放してください」

「関係あるんだよ」

要さんが眉根を寄せる。

「……おめぇが記憶をなくす前に、恋人関係にあった女だ。鬼頭高虎が、死ぬ前に何かまずいことを話していないとも限らない」

「……っ！」

要さんが目を見開き、私を見た。私も、ついさっきまで知らなかったことだ。私はどういう顔をしたらいいかわからないまま、要さんを見つめ返す。

「だがこの女もおめぇと高虎が同一人物だってこと、知らなかったようだな。おめぇを誘き出すために拉致《らち》しただけだ。もう必要ない」

要さんは、立て続けに突きつけられた過去に茫然としていて、信じられない様子だ。

「儂の言うことを聞かなければ、この女を殺す」

「……っ」

要さんが、拳を握りしめて震えている。

「最後の確認だ。儂の組に戻れ」

金丸が銃を向けたままよりいっそう鋭い視線で話しかける。いつ撃たれてもおかしくはない状況だ。

「言うだけ無駄だ。彼女を殺させはしないし、真実を知ったからには俺も、死ぬわけにはいかない」

要さんの言葉に、金丸の太い眉がぴくりと動く。

「……交渉決裂だ」

金丸の合図で、男たちがじりじりと動きだす。その中の一人、染谷を要さんが睨みつけた。

「その前に、染谷組長」

緊迫した雰囲気のなか、染谷がびくんと肩を震わせた。

「亜里沙さんは俺と結婚する気でいますが、殺していいんですか？」

「あ、当たり前だ。金丸組長とは、契約を交わしたからな！」

染谷は慌てている。

「俺の過去を売って、いくらもらった？」

四人の男に囲まれているのに、要さんは余裕の表情だ。

「っ……」

染谷の顔が真っ赤になる。

「娘より金、か。憐《あわ》れだな」

要さんが鼻で笑う。要さんの婚約者だった亜里沙さんは、親のエゴに利用されたのだろうか。本当に要さんのことを好きそうだったので、そう考えると同情してしまう。

「て、てめぇ！　この状況がわかってないみたいだな！」

染谷が必死な様子で追い詰めようとするが、要さんは動揺しない。むしろ染谷の存在を無視して、視線は金丸へ向かう。すると冷静な金丸が染谷の前に立ち、手で制する。察したのか、染谷は急に大人しくなった。

「……壬生要、言いたいことはそれだけか？」

金丸の落ち着いた低い声が不穏だ。

「……ああ」

二人が正面に向き合う。

要さんは変わらず銃口を突きつけられているのに、平然としている。私はどうにもできない無力感に襲われながらそれを見守る。鼓動がうるさく、嫌な汗が背中を伝う。

カチ、と銃の音がする。次の瞬間、要さんの長い脚が金丸の腕を蹴り上げた。そうしてすぐさま金丸が落とした銃を蹴ると、それは遠くへ飛んでいった。

「くそ……っ」

金丸はさすがに動揺し、焦りながら銃を捜す。要さんに背中を向け、走りだそうとした。

「実力の差は明らかみたいだな。今のうちに諦めたほうが長生きできるぞ」

そう要さんが険しい声をかけると、金丸が足を止めた。振り返ると歯を食いしばり、悔しそうに顔を歪めている。

「……っ、やれ！」

染谷と二人の男が、鉄パイプを持って要さんに襲いかかる。

けれど、要さんはそれを華麗に避け、手首や首の後ろに手刀を叩きこんでいく。あっという間に三人の男たちが倒れこんだ。気絶している人もいれば、身体に力が入らないのか、立ち上がれない人もいる。血が出ていないのに苦しんでいるのは不思議な光景だった。

「……すごい……」

唖然としていると、残る一人となった金丸が落ちていた鉄パイプを拾い、要さんに襲いかかる。しかし要さんはさらりとそれをかわし、金丸にも手刀を当てる。

「悪いが、俺は暴力が好きではない」

要さんは少し息を荒くしつつも、余裕の表情だ。

「くっ……」

がくりと膝を落とす金丸と、それを見下ろす要さん。

「ここにたった数人しかいないということは、よほど重大な秘密なんだな。……例えば、誰かを殺したとか」

金丸は何も言わず、黙ったままだ。

「親父に聞いたことがある。以前、桜坂一家の重鎮が謎の死を遂げたと。犯人は見つかっていないらしいが、それが……」

「黙れ！」

金丸が声を荒らげた。

「ようやく理解できた。それを、過去の俺が知ってしまったというわけか」

要さんは腑《ふ》に落ちた表情を見せる。私はまだ混乱したままだった。

「壬生組長のところへ、一緒に来てもらう」

要さんはスマホを取り出し、電話をかけようとする。

けれど視界の端、金丸の背後で地面に這《は》いつくばっている染谷が、落ちた銃を拾って銃口を要さんに向けたのが見えた。

「要さん、危ない！」

次の瞬間、バン！と破裂音のような音が響く。

「ぐっ……」

要さんが、初めて膝をついた。脇腹を押さえ、うずくまっている。

「要さんっ！」

駆け寄りたいのに、身動きが取れない。手や足を懸命に動かしてもまったくほどける気配がない。

「ひ、ひひひ……お前はもう終わりだ……おれは十億を手にするんだ……！」

染谷は足を震わせながら立ち上がり、要さんに銃口を向けて笑う。嫌な笑い方に鳥肌が立った。このままでは、また要さんが撃たれてしまう。抵抗のできない状態では、どこを撃たれてもおかしくはない。

「や、やめて。やめなさいよ！」

私の叫び声も、意味がない。

「十億か……安いな」

痛そうに顔を歪めるのに、要さんは笑った。気迫のある顔に、ぞくりとした。

「うるせえ！　死ねえええ！」

もう一度、銃声が響く。聞きなれない音に、反射的に目を瞑る。目を開けるのが怖い。要さんが血まみれだったらどうしよう。私はまた、愛おしい人を失うのか。

「ぐあああ……！」

苦しそうな呻き声が聞こえ、心臓が跳ねる。でもそれは要さんのものではなかった。恐る恐る目を開けると、染谷が苦しんでいた。手首を撃たれたらしく、血を流している。でも要さんは銃を持っていないし、あの弾はどこから飛んできたのだろう。いったい何が起こったのか。要さんが倉庫の入り口に視線を向けるので、それを追いかけた。すると、そこには意外な人物が立っていた。

「……中津先生……？」

いつもと違う格好をしているので、じっくり見ないとわからなかったけれど、たしかに、中津先生だ。

「……遅かったか」

あの人は医者だったはず。でもいつもの白衣は着ていなくて、真っ黒なスーツに手には手袋と拳銃。普段の気怠《けだる》い様子はなく、その姿は映画で観るヒットマンのような異様な雰囲気だ。トレードマークのメガネもしていない。そして一番違うのは前髪が上がっているところ。顔がはっきりと見える。

ただの、極道関係の医者というだけではないのか。

いったいどういうことか、今度こそ頭がついていかない。

ゆっくりと近づいてきた中津先生は、金丸に銃を向ける。

「もう観念しろ」

「く、くそ……」

金丸組長も、他の男たちも痛みに耐えることに必死で、身動きが取れていない。金丸組長は悔しげに要さんたちを睨んでいる。

「中津先生、どうして……」

要さんも目を見開いて驚いている。

「あの人に呼ばれたんだよ」

中津先生が、入り口のほうを親指で示す。要さんと私は同時に入り口に視線を移動させた。すると、そこには一人の人物が立っていた。

「悪かったな、要」

「……壬生組長」

初めて見た壬生組長という人物は、想像どおりの人だった。黄土色の紋付き袴《はかま》を着こなし、堂々とした佇《たたず》まいをしている。その威厳のある風貌は、素人から見てもただものではないことがわかる。金丸よりは若そうなのに、威圧感があった。

「ここは私が預かろう。カタギのお前たちを巻き込んで申し訳なかった」

中津先生が、染谷が落とした拳銃を壬生組長に手渡した。

「しかし黙って一人で乗り込むとは、無謀だぞ。要」

「申し訳ありません」

要さんは立ち上がろうとするも、撃たれた痛みがあるのか顔を歪める。

「立たなくていい。中津」

「はい」

中津先生がいつもの診療カバンを持ってきて、要さんの手当てをはじめる。

「すみません。ですが、どうして……」

「要と電話が通じないと順子ちゃんから連絡があってな。妃奈子さんも連絡がとれないから様子を見てくれと言う。それで中津に電話をすると、最近要が染谷を探っていると聞いて、急いで組員に調べさせた」

順子さん、中津先生、そして壬生組長がいなければ、私たちはどうなっていたんだろう。考えるだけで、恐ろしい。

「何かあったなら、まず私に報告しろ」

「騒ぎを大きくする前に、自分で調査しようと……」

「……まったく。本当に要は極道に向いてないな」

壬生組長が呆れたようにため息を吐く。

「二人が無事でよかった。そうそう妃奈子さんの息子も元気に待ってるとのことだ」

「……虎鉄……よかった……」

気がかりだった虎鉄には何事もなかったと聞いて、心底安堵した。でもずいぶん長いこと留守番をさせてしまった。帰ったらたくさん虎鉄を抱きしめたい。

「さて……」

壬生組長は銃を指先で回す。扱いに慣れているのがそれだけでわかった。そして金丸に銃口を突きつけ、何者をも圧倒するような声で言った。

「おう、金丸！　この一件、桜坂一家とも話をつけるからな」

壬生組長の表情が私たちと話をしている時とはまるで変わり、眼光が鋭くなった。恐ろしさに、ぴりりと空気が締まる。

「……儂を殺さないのか……」

「殺しちまったら、〝戦争〟になるだろうが。今はまだ機じゃあねえ。桜坂一家の会長さんも同じ考えだろうよ。まあ、お前らの処分は必要になってくるだろうがな」

金丸は項垂れた。さすがに負けを認めざるを得ないのだろう。

「染谷」

「……ひっ……」

後ろのほうで震えていた染谷も、びくんと肩を震わせる。

「お前も、楽しみにしておくんだな」

笑っているのに、恐ろしい。これが本物の組長なのか。

要さんの治療を終えて私の後ろに回った中津先生が、私の手足を縛っているロープをナイフで切ってくれた。ようやく解放される。

「ほら」

「ありがとうございます……」

医者の時とはまるで別人。私は思わずじっと見入ってしまった。

「疲れてるところ悪いが、要を運ぶのを手伝ってもらえると助かる」

「はい。もちろんです！」

私よりも要さんのほうが重症だ。縛られていたせいで凝り固まっていた身体を伸ばし、すぐに要さんの元へ駆け寄った。

要さんは地面に横たわり、荒い呼吸を繰り返している。苦しそうで、額には脂汗が浮かんでいる。

「応急処置をしただけだ。はやく治療をしないと手遅れになる」

「中津、お前たちは先に行け。私はあとから来る組員とここを片付ける」

「……わかりました」

私と中津先生が両側から支え、要さんの腕を肩に回す。重いし私では身長が足りないしで、ひきずるようになりながらも、おぼつかない足取りで進む要さんを移動させる。そんななか、肝心の要さんが、足を止める。

「親父、俺は、聞きたいことが山ほど……」

痛みで苦しいだろうに、要さんはまだ壬生組長と話がしたそうだ。

「わかってる。あとにしろ。すべて教えてやるから、意地でも生きろよ」

その言葉を聞いて気がかりがなくなったのか、要さんはまたゆっくりと歩きだす。

すると要さんは、寄り添う私のほうを見た。

「妃奈子……愛してる」

荒い息を吐きながら要さんが愛を囁《ささや》く。苦しそうな顔を間近で見ていると、涙が出そうになる。でも、ぐっと堪えた。

「私もです。要さん、来てくれてありがとうございました」

声の震えは、自分の意志ではとめることができない。

「……俺のほうこそ、巻き込んでしまって申し訳ない……」

「もうしゃべるな。傷に響く。治療が済んでから、いくらでも話ができるだろう」

中津先生の言葉に、私はこくりと頷いた。

まずは要さんを運ぶことが先決だ。私と中津先生は少しずつ前に進んでいく。壬生組の組員の到着が遅れ、運べるのは私たちしかいなかった。役に立たないなりに、全身に力を込めて要さんを連れていく。

けれど突然、ガクンと一気に要さんが重くなった。

「きゃっ！」

重さに耐えきれず、三人で倒れてしまった。

「す、すみません」

「いや……様子がおかしい」

中津先生が真剣な顔で、要さんを寝転がせる。その顔は先ほどのような苦しげな表情ではなく、やすらかだ。だからこそ怖くて、私は震える唇を開いた。

「……要さん？」

名前を呼んでも反応がない。

「……まずいな」

中津先生の呟きが、さらに私の不安を煽る。

このまま起きなかったらどうしよう。要さんの脇腹に巻かれている包帯からは、血が滲んで広がっていく。

「いや、やだ……要さん……」

四年前の冬がフラッシュバックする。

白い雪が血に染まり、どんどん冷たくなっていく身体、名前を呼んでも反応がない、あの絶望感。

「要さん……っ！」

もう、大事な人を失いたくない。

第九章　過去と未来と

俺は生まれた時から、一人だった。

物心つく頃には養護施設にいて、退屈な日々を過ごしていた。はやく自立したいと高校には入らず働きに出た。働くことは楽しかった。汗をかいて金を稼ぎ、好きなことをする生活は充実していた。

けれど、そこで出会った友人に騙され、借金を背負わされた。働きつつ返済するにはあまりに大金だった。

昼夜働きながら、借金取りに追われる日々。

しかし借金取りの組長にずいぶん気に入られ、その組に入ることになった。どうせ俺は一人だ。迷惑をかけるような人もいない。金もいいし、一人で生きてきたような仲間も多い。俺にはピッタリな場所だった。

がんばればがんばるほど、金丸組長は評価してくれた。そのことに俺はやりがいを感じ、毎日身体を動かした。強ければ強いほど重宝されるので身体を鍛え、髪型も厳つく見えるように、金髪のオールバックにした。街中では恐れられ、わざわざ近づいてくる人もいない。

俺はこのまま生きていくのだと思っていた。

「やめてよ！」

悲鳴が聞こえ何気なく見ると、若い女性が俺のような輩《やから》数人に引っ張られていた。

状況的に痴情のもつれというよりは借金取りか。俺も同じ仕事をしているので、彼女を助けるつもりはなかった。

「身体で返せって言ってんだよ！」

「それ以外なら、なんでもしますから……！」

女性の悲痛な声に、知らんぷりをしようとしていた俺は、つい横目でそれを見てしまった。客観的にその現場を見たのは初めてだった。

「じゃあ、母親の命がどうなってもいいのか？」

その瞬間、彼女が息を詰め、表情が変わる。

「……わかりました。ですが、少し時間をください」

毅然《きぜん》とした態度で抵抗する女性から、目が離せなくなった。

「はぁ!? 今すぐだろうが！」

今すぐ連れていかないと、逃げられる可能性があるからだ。そうして事務所に連れていって、軟禁なりしなければいけない。それはわかっている。でも、俺の足は勝手にそいつらに向かっていた。

「おい！　何してんだ！　どこの組だてめぇ！」

女性の手を握っている男の肩を掴んだ。

そのまま殴られ、殴り返し、結果俺はボコボコにされた。それでも彼女が助かればいいと思っていた。でも逃げたと思っていた彼女が、警官を連れて戻ってきた。警官は俺が極道だと知ると適当な対応になり、病院にも連れていってくれなかった。

そのかわりに、彼女の家で手当てを受けた。

彼女は俺に、どうして助けてくれたんだと驚きながら傷口を洗い、応急処置をしてくれた。

どうしてと言われても、ただ勝手に足が動いただけなので、大袈裟に感謝されても困る。

「……ありがとうございました」

あれだけしっかりしていた女性でもやはり怖かったのか、俺を治療する手は震え、涙目になっている。

それが、百瀬妃奈子との出会いだった。

お礼にと夕飯をご馳走になることになった。家はボロボロのアパートで、妃奈子と母親の二人暮らし。

事情を聞けば、父親は借金を彼女らに押しつけ、しかも女を作って家から二人を追い出したということだった。俺の業界ではよくある不幸話。でも彼女たちは絶望せず、前向きに生活をしていることに驚いた。裏社会の仕事でもしないと稼げないだろうに、真面目に働いて少しずつ借金を返しているらしい。

妃奈子の母ははじめ、俺の容姿を怖がり、口数が少なかった。しかし時間が経つと緊張がほぐれたのか、笑顔で話してくれるようになった。その話に付き合っているうちに夜になり、夕飯になった。

それは、とても素朴な飯だった。

組長が連れていってくれるような、高級焼肉や寿司ではない。わずかばかりの煮物に白米、それからほとんど具の入っていない味噌汁《みそしる》。あまりに貧相な食卓なのに愛情を感じ、泣けてきた。

その日から俺は、彼女たちのボディーガードをすることにした。見返りなんて何もない。しいていえば、夕飯のお礼だ。

たびたび飯をご馳走になっては、借金取りから妃奈子たちを守る。

温かい食事、温かい家。父親がいないというのに妃奈子が負けずに生きていく姿に胸を打たれた俺が、彼女に惹かれるのは必然だった。彼女も俺を好きだと言い、でも俺は、抱きしめたい気持ちを我慢していた。

妃奈子のような女性に、極道はだめだ。

家に通っている俺が言うのもなんだが、世間に知られたら妃奈子たちがつらい思いをする。俺はまだまだ下っ端だし、カタギに危害を加える人間ではないと周囲にわかってもらえるような説得力もない。ただ悪い評判が広がるだけだ。

だから妃奈子からの告白は断り、家に行くこともやめた。でもすぐに彼女が恋しくなり家の様子を見にいくと、妃奈子がまた、借金取り数人に襲われそうになっていた。

俺はそれを必死で守り、彼女への気持ちを強く確信した。

こんな純粋な人たちを巻き込んではいけないと思うのに、自分の心に嘘は吐けなかった。

そして妃奈子とは恋人関係になり、病弱な妃奈子の母と三人で暮らしはじめた。生活はとんでもなく穏やかで、心地よかった。

妃奈子たちと出会えて、俺はまた違った幸せを感じるようになった。極道から足を洗い、まともに働こうかと考えはじめた。

でも俺が、そんな幸せを望んだのがいけなかったのかもしれない。

ある日、俺は組事務所でとんでもないものを見た。

「金丸組長！　これは、いったい……」

親組織である桜坂一家の幹部を、金丸組長が殺す現場を目撃してしまったのだ。目の前で血を流している幹部。金丸組長の手には、血に染まった短刀《ドス》が握られていた。

「高虎、おめぇ誰にも言うんじゃねえぞ」

「でも……」

「いいから、さっさと仕事してこい！」

「は、はい！」

その日から、徐々に組の様子が変わっていった。

俺は金丸組長の殺人がバレ、内紛が起きたのだと思っていた。しかし、そのことは誰も知らないらしかった。わけがわからぬまま、抗争がはじまってしまった。

そしてあの日、誰が味方か敵かもわからないなかで後ろから何度も刺され、気がついたら見知らぬ場所で倒れていた。わずかな意識を頼りに、身体は自然と、妃奈子の家に向かっていた。

「……さん、死なないで……っ！」

声が聞こえる。

これは、現実なのか過去なのか。

ずいぶん前にも聞いたことがある、悲痛な声。あの時も、寒くて凍えるようだった。

彼女の体温がやけに温かく、心の中が和らいだのをよく覚えている。

——俺は、今——。

◇◇◇

眠っている要さんを見つめている。

あれから、重症だった要さんは中津先生の診療所へ運ばれた。半日かかった手術は無事成功したのに、意識だけが戻らない状態だ。

私は仕事以外の時間は診療所に来て、要さんと一緒に過ごした。虎鉄も、眠っている要さんを毎日応援していた。

一週間も経っているのに、要さんは目を開ける気配がない。

「もう七日か。こんなことは初めてだな」

中津先生が病室に入ってくる。要さんの姿を見ては、小さくため息を吐いた。先生はすっかり元通りで、あの日の機敏な動きが嘘のようだ。

「先生……」

中津先生は、つきっきりで要さんを見てくれている。初めて中津先生の診療所に来たけれど、中は普通の病院を小さくしたような感じだった。ちゃんと入院できる病室もある。ベッドに横たわった要さんの横に座り、虎鉄と二人並んで要さんが目を開けるのを待っている。

私の横に先生が立ち、要さんの顔色や目の色を確認する。

「問題ないのにな。……要に、はやく話さなければいけないことがあるんだが」

「中津先生は、すべて知ってたんですね」

「ああ。……君のことも知っていた」

「……え？」

思いがけない言葉に私は先生を見上げた。中津先生は私から目をそらさず、間を置いて、口を開いた。

「鬼頭高虎が瀕死になっていた雪の日、君から高虎を取り上げたのは私だ」

先生の発言があまりに衝撃で、茫然としてしまう。何を言われているのか、思考が濁《にご》る。

「申し訳なかった」

中津先生が、私に頭を下げる。私はなんと言っていいのかわからず、先生を見たまま身動きがとれない。

あの時の光景が、頭に浮かぶ。

高虎さんがいなくなってから四年、忘れたことはなかった。あの絶望感は、はっきりと覚えている。

まさか、高虎さんを連れていったのが中津先生だったなんて。

「私は壬生組長の命令で、鬼頭高虎を助けにいった。あのままでは確実に金丸組にやられてしまう。その前に、秘密裏に助け出す必要があったんだ。そしてこれ以上危険が及ばないように、もう息がないと言った。……申し訳ない」

何度も謝罪をする中津先生に、私は緩く首を横に振った。

「あのあと……高虎さんはどうなったんですか？」

「数か月、昏睡《こんすい》状態が続いて、目が覚めた時には高虎としての記憶がなかった。そのことは私たちにも都合がよく、壬生要として戸籍を作り、極道から離れたところで生きてもらうことにしたんだ」

しかし、壬生組長が中津先生に高虎さんを助けるよう指示したとは、不思議な話だ。

「でも敵対組織なのに、どうして……」

「鬼頭高虎は、この世界では有名だった。下っ端で鉄砲玉として前線で戦っているのに、負けることがない。そんな高虎が、どうも誰かから狙われているという話があった。とにかく、あの抗争には謎が多かった。何か裏がありそうだと、壬生組長は言っていた」

続けて「仁応会と敵対する桜坂一家の組の一員とはいえ、壬生組長は道具にされた高虎のことを放ってはおけなかったんだ」と中津先生が説明をしてくれる。壬生組長は本当にすごい人なのだと、あらためて感じた。

「案の定、高虎だけが重傷を負っていた。なので壬生組長は高虎を助けることにしたんだ」

あの人に連れていかれなければ、高虎さんはいなくならなかったのに。何度もそう思った。でも本当は壬生組長が、中津先生が連れていってくれたから、生き残ることができたのだ。

「高虎さんの命を助けてくれたのなら……あれは仕方なかったんだと思います」

あの時の悔しさや悲しみが癒えることはないけれど、壬生組長たちなりの考えがあったのなら、私にはどうすることもできなかった。

むしろ、ああいったことに慣れていない私しかいなかったら、時間切れで高虎さんは本当に命を落としていたかもしれない。

どちらがいいとは言えない。ただ、仕方がなかったんだ。

「壬生要の過去の話は、壬生組長がすべて作った。要が生きていることを金丸に知られれば命が狙われるので、理由をつけて海外へ行かせようとしたんだが……要は、世話になった壬生組長の傍にいたがった。その結果、君に会うことになった」

初めて会った時のことを、鮮明に思い出す。

最初は二度と関わることがないと思っていたのに、今ではこんなに惹かれている。

順子さんにも、中津先生にも、ここまでお世話になるなんて、思ってもみなかった。

「スナックで見た時は驚いた。まさかあの時の女性と、また出会うとはな」

「あの時から、私のことはわかっていたんですね……」

「ああ。二人が親密になるにつれ反対しようかと迷ったが、壬生要はもうカタギだ。私に止める権利はない。それに……」

先生の視線が、虎鉄に向かう。虎鉄は私たちの話には興味がなさそうで、要さんのベッドの上で、手に持ったフィギュアを遊ばせている。

「高虎の子なのだろう?」

「……はい」

「……私のほうでは、黙っておく」

中津先生は咳払いをして、私から目をそらした。中津先生とここまでじっくり話をするのは初めてのことだ。彼は私に後ろめたさを感じているみたいだけれど、私は伝えたとおり、仕方がないことだったのだと、納得した。

「ありがとうございます」

中津先生に話を聞いて、ようやく高虎さんと要さんが同一人物だったのだと実感してきた。今まで、何度言われても信じ切れていなかった。まさかそんなことはない、と思いながらここまできた。ゆっくり頷きながら、中津先生がぽつりと言った。

「あとは要が目を覚ませば……」

要さんが目を覚ました時、私はどう接すればいいのだろう。

高虎さんとして？　要さんとして？　わからない。でも、要さんには絶対に目を覚ましてほしい。

その時、握っている要さんの手がぴくりと動いた。

「え……今、指が……」

中津先生を見上げると「名前を呼べ」と言われた。私は強く要さんの手を握る。

「要さん……っ！」

「かなめー！　がんばえー！」

それまで遊んでいた虎鉄も切羽詰まった私の声に反応した。手に持っていたフィギュアを放りだして必死にその名前を呼び、応援する。握っている手が、さらにびくんと動く。彼の息吹を感じて、涙が込み上げる。

「ん……」

要さんが呻きながら、ゆっくり瞼を持ち上げる。私は彼の手を握りながら、もう片方の手で何度も涙を拭う。

「要さん……っ、よかった……！」

「やたー！　かなめー！」

虎鉄は両手を上げて喜んでいる。

「妃奈子、か……？　虎鉄くんも……」

要さんの声を聞くのは、ずいぶん久しぶりだ。また涙が溢《あふ》れた。

「要、私がわかるか」

中津先生が確認する。彼に目を向けた要さんは、しばらく黙り込んだあと口を開いた。

「……中津、先生」

「よし」

中津先生の頷きに、私も小さく息を吐く。もう涙で顔がぐしゃぐしゃだ。

「要さん、痛いところはないですか？」

「あぁ……」

私が話しかけても、要さんの反応が薄い。それどころか、要さんの様子がおかしいのは明らかだった。茫然としていて、目の焦点が定まっていない。返事はするけれど、違うことを考えているような感じだ。

「……俺は……高虎？」

要さんがぽつりと呟く。

「……思い出したんですか⁉」

要さんの口から『高虎』という名前が出て、私は反射的に身を乗り出していた。

「待ってくれ、俺は、誰だ……？」

要さんは頭を押さえて、苦しそうに眉根を寄せる。混乱している様子に、中津先生と目を合わせた。

「要、どうした」

中津先生が、起き上がった要さんの背中を撫でる。私は邪魔にならないように立ち上がり、虎鉄を抱き上げる。

「……妃奈子は、高虎と……？」

頭を抱え、唸《うな》りはじめる。

「混乱しているようだ。検査するので、少し席を外してもらってもいいか」

「……わかりました」

中津先生に言われて、私は虎鉄と一緒に病室を出た。

まだ心臓がバクバクいっている。要さんが目を覚ましたことは、何よりうれしかった。でも、要さんは自分の過去と現在の間で、もがき苦しんでいるみたいだった。

「かあかー？」

「……今日は帰ろうか。夕飯、何が食べたい？」

「はんばーぐ！」

虎鉄が元気いっぱいに声を上げる。虎鉄が元気なことだけが、救いだ。

高虎さんは、死んでいなかった。

要さんは、高虎さんだった。

うれしいはずなのに、要さんの混乱を目の当たりにして、心が落ち着かない。愛する二人が同一人物なのに、二人に対して後ろめたいような、難しい感情が湧いていた。

三日経っても、私は要さんに会いにいく勇気が出なかった。

中津先生に近況は聞いていて、体調はよくなっているらしい。壬生組長とともに話をして、過去のこともすべて伝えたとのことだった。

でも……私は、どんな顔をして会いにいけばいいのかわからない。

同一人物とはいえ、私は過去に高虎さんと恋人同士で、今は要さんと惹かれ合っている。要さんは、それをどう思っているのだろう。

保育園からの帰り、中津診療所に寄ろうと思いながらも、緊張してわざと寄り道をしてしまう。普段はあまり通ることのない、廃《すた》れかけている商店街を自転車を引いて歩いていた。すると、洋品店から出てきた順子さんと鉢合わせした。

「あら。妃奈子ちゃん、お買い物？」

「順子さん、こんにちは」

「こんにちは！」

元気よく虎鉄が挨拶をすると、順子さんはにっこり微笑む。

虎鉄を置いて誘拐されてしまったあの日。

要さんを診療所へ送り届けたあと、急いでスナックに戻ってきた。心配していたけれど、順子さんと虎鉄が楽しそうに遊んでいる姿を見て、大きな安心感から腰が抜けた。数日後、あらためてお礼を言いにいったきり、顔を合わせていなかった。

「虎鉄ちゃん、ちゃんとご挨拶できてえらいわね～」

あの日だけで、順子さんと虎鉄はずいぶん仲良しになっていた。

私が誘拐されている間に順子さんががんばってくれたおかげなのだろう。彼女には感謝してばかりだ。

「要ちゃんの話聞いたわ。妃奈子ちゃん、記憶がなくなる前に会ってたんだってね」

「はい。びっくりしました」

「それで再会してまた惹かれ合うなんて、運命でしかないわよねえ」

順子さんがうっとりとした乙女のような顔で、斜め上を見上げる。

「……だといいんですけど」

「あ、ごめんなさい！　本人たちの気持ちを考えずに……」

「いえ。心が軽くなりました」

もしかすると、私は複雑に考えすぎていたのかもしれない。好きな二人が同一人物だったのなら、それを素直に喜べばいいのだろう。

「これから診療所へ行くの？」

「……少し怖くて、寄り道をしていました」

あまり遅くなっては迷惑になるのに、なかなか足が進まなかった。

「怖いって、どんなこと？」

「要さんに罪悪感があるというか……高虎さんと恋愛をしていた私を、抵抗なく受け入れてくれるのかわからなくて……」

逆に、要さんと恋愛することを、高虎さんに対して後ろめたく感じてしまう自分もいる。同一人物なのに二人に対して罪悪感を抱いて、おかしな感覚がする。どうするのが一番いいのか、頭が追いつかない。

「何言ってんのよ！」

順子さんの手が、いつかのように私の背中を強く叩く。順子さんに活を入れられると目が覚める。

「じっくり話しなさいって言ったじゃない。あの日から、ろくに話をしてないんでしょう？」

私はこくりと頷いた。そういえばあの日、話をしにいこうと決意した瞬間、誘拐されてしまったのだ。そして怒涛《どとう》の展開に、じっくり話をする暇なんてなかった。

「二人とも生きて帰ってこられたのが奇跡なんだから、今さら逃げてどうすんの！」

力強い順子さんの言葉に胸を打たれる。順子さんと話をしていると、いつも答えが明確になる。

「……そうですよね。私、今すぐ話をしにいきます」

「その調子よ！」

勢い込んで自転車のハンドルをぎゅっと握りしめた時、突然、シルバーの高級車が私たちの前に停まった。見覚えのあるその車にドキッとする。想像どおり、運転席から降りてきたのは要さんだった。

「……妃奈子」

スーツ姿の、よく知る要さんの姿だ。ここのところ苦しそうな顔ばかり見てきたから、うれしかった。

「あら要ちゃんちょうどいい。王子様みたいだわ……」

「順子さん、今回はいろいろとお世話になりました」

要さんが順子さんに深く頭を下げる。この礼儀正しさも、いつもどおりだ。

「いいのよ。あたしのことは気にしないで！」

順子さんは一歩下がり、私のほうを手のひらで示す。

「……あの、要さん、もう大丈夫なんですか？」

「中津先生にはまだ安静にしてろと言われたのですが、いてもたってもいられず、捜しにきました。……少し、話せますか」

要さんの真剣な目が私を突き刺す。緊張しながら私も答える。

「私も、お話ししたいと思ってました」

「では、車に」

自転車は順子さんが預かると言ってくれたので、甘えることにした。

虎鉄を自転車のチャイルドシートから降ろして、手を繋ぐ。

「虎鉄ちゃんはまた、うちでお留守番しておく？」

順子さんが気を利かせて提案をしてくれた。でも、私は首を横に振る。

「……いえ。大事なことなので、虎鉄も一緒に連れていきたいと思います」

要さんの顔を窺うと、頷いてくれた。

「もちろんです。二人で来てください」

「順子さん、本当にありがとうございました」

「はいはい。いってらっしゃい！　二人とも素直になるのよ！」

順子さんの言葉にドキッとした。

「また報告してね～」

順子さんに手を振り、車に乗り込む。以前と変わらず装着されているチャイルドシートに、うれしくて胸が締め付けられた。

「順子さん、すごく素敵な方ですよね」

「ええ。壬生組長が惚《ほ》れるだけあります」

はっきりとは聞いていなかったけれど、やっぱり二人はそういう関係らしい。

「では出発します」

「しゅっぱつー！」

虎鉄が元気よく拳を突き上げる。

運転している要さんを見るのは久しぶりで、私は外の景色よりも要さんをずっと眺めていた。


車で数十分。到着したのは、予想外の場所だった。

「……お話って、ここでですか？」

てっきり診療所へ行くなり、要さんの家に行くのかと思っていたら、まさかのホテル。しかも有名な高級ホテルだ。

「ええ。急いで押さえました」

「……どうして、ここにしたんですか？」

「……俺の中で、一番よさそうだと思ったので」

このホテルは、高虎さんと来たことがあった。私の誕生日にサプライズをしてくれた場所だ。まさか、また彼とここに来ることになるなんて夢にも思わなかった。

案内されたのは最上階のプレミアムスイートルーム。部屋番号が同じかは覚えていないけれど、高虎さんが照れながらバラの花束を持ってきた時のことが思い出され、涙が出そうになった。

スイートルームには、ベッドルームとは区切られたリビングスペースがあった。二人掛けのソファが置かれており、アパートの私の部屋が三個は入りそうなくらい、広々としている。ブラウンとベージュを基調とした客室で、家具は豪華な装飾が施され、見上げれば小ぶりのシャンデリアが部屋を照らしている。高級なのにどこか居心地のいい空間だ。

「すごーい！」

虎鉄はさっそく、はしゃいで走り回っている。こんなきれいで豪華な場所に来たのは、要さんの住むマンション以来だろう。開放感のある大きな窓からは都内の景色が一望できて、見るものが多くて忙しそうだ。

私たちは飲み物を用意すると、ソファに座った。

「虎鉄ージュースあるよー」

「のむ！」

虎鉄には客室冷蔵庫に入っていたぶどうジュース。私と要さんはコーヒーだ。

「先日は、混乱した姿を見せてしまってすみませんでした」

さっそく要さんが私に頭を下げる。

「……いえ。私も混乱しました。気持ちはとてもよくわかります。あの時のお礼もできないままで、ごめんなさい。要さんが来てくれなかったらどうなっていたか……」

「染谷の不審な動向を探っていたら、あの場所に辿り着いたんです。間に合って本当によかった」

要さんは困ったように笑ったあと、真面目な面持ちになる。

「壬生組長と中津先生からすべて聞きました。……俺は、金丸組の鬼頭高虎という人物だったと。そして、その時に妃奈子さんと付き合っていた」

私は静かに頷いた。

「最初は、受け入れ難い話でした。俺なのに、俺ではない誰かが妃奈子と愛し合っていた。嫉妬しているのに、それは自分自身で……」

膝に両肘を置き、頭を抱える。私は肩を落とす要さんの背中を、そっと撫でる。

「私も同じ気持ちでした。高虎さんがいるのに、要さんを好きになってしまった後ろめたさがありました。二人は同一人物だというのに。だから、高虎さんが生きてると知ってうれしいはずなのに、素直に喜べなくて、混乱しました」

「……同じなんですね」

私は一度頷く。

「混乱している要さんと話をするのも怖くて。拒否されたらどうしよう、って……」

「すみませんでした」

謝る要さんに、首を横に振った。

「お別れをした時に、私は自分の気持ちを誤魔化しました。本当は、何があっても要さんの傍にいたかったのに。要さんは私を巻き込んでしまうからと言っていたけど……もうそんなことは意味がありません」

すでに私は巻き込まれている。というよりむしろ、中心人物の一人ですらあると思っている。今さら引き返すことはできないし、諦めることもしたくはない。

「……私は、高虎さんが大好きでした。そして、壬生要さんのことが好きなんです。

要さんと新しい未来を一緒に過ごしたい。だめですか？」

　私は目から涙を流しながらも、要さんのことをまっすぐ見つめた。この気持ちが伝わるよう、目をそらしはしなかった。

　要さんも同じく、私から目をそらさずに、時間をかけて口を開いた。

「……別れを告げた時、本当は言おうとしていたことがあるんです。『もし、俺の問題が解決したら、また一緒になってくれますか』と……」

　要さんが苦しげに眉根を寄せる。年末、別れ話をしている時に彼は何かを言いかけていた。いったい何を言おうとしたのだろうと思った記憶はあった。

「そんなことを聞く権利は俺にはない。……でも、別れてほしいと言った時も、危険な目に遭わせてしまった今も、ずっと妃奈子が大切なんです。本音はただひとつ。その気持ちはずっと変わらない」

　要さんは一度うつむいてから、もう一度私を見た。

「……ようやく吹っ切れました」

　憑《つ》き物が落ちたような、どこかすっきりした顔をしている。そして、決意を感じる表情。彼はすっと深く息を吸い、吐き出した。

「俺は鬼頭高虎で、壬生要。妃奈子を愛する男、それだけです」

要さんが、高虎さんを自分だと認めた。

「愛する女性を泣かせてしまうなんて、俺は自分が許せない。……最初から、こう言えばよかったのに……悩ませてしまって申し訳なかった」

独り言のように呟く。自戒の念を込めたような言葉だ。

要さんの目が私を正面から見据え、鋭く射貫く。

「妃奈子、愛してます。どんなことがあっても、俺についてきてくれませんか」

聞きたかった言葉を聞けて、私は胸のつかえがすっと消えていく感覚があった。

「……はい」

泣き顔で歪む表情を無理やり笑顔に変えた。でもまたすぐに、泣き顔に戻ってしまう。流れる涙を、要さんの指がすくう。そのまま頬を撫でる大きな手に、自分の手を重ねた。熱く視線が絡み合う。

「あー！　ちゅーしてるー！」

「っ！」

虎鉄の大声に、反射的に要さんと距離を取った。『ちゅー』なんて言葉、いつ覚えたのだろう。

「し、してないから！」

「そうです。まだしてません」

「ちょっと要さん、『まだ』って！」

顔から全身までが熱くなる。息子にこんな顔を見られていたかと思うと、火が出そうなほど恥ずかしい。

「こてつもするぅー！」

でも虎鉄は気にする様子もなく、私と要さんの間に入ってきた。三人で抱き合うと、虎鉄はうれしそうに笑った。すると要さんが虎鉄の顔をじっと見てから、控えめに質問をしてきた。

「あの……ずっと気になってたんですが、虎鉄くんはもしかして……」

そうだ。一番大事な話をしていなかった。

「はい。この子は……高虎さん、いえ要さんとの子です。高虎さんがいなくなったあと、お腹に子がいることがわかって……」

「……やはりそうだったんですね……」

要さんは片手で顔を覆い、息を吐く。

「はい。私の宝ものです」

「……俺にとっても、宝ものにしていいでしょうか」

遠慮がちに聞いてくるのがおかしかった。父親は要さんしかいないのに。

「もちろん。虎鉄にも話していいですか？」

「急、ですね……拒否されたらどうしよう」

突然、要さんが慌てはじめる。案外気が弱い部分があるのだと、おかしかった。

「大丈夫ですよ。こんなに懐いてるんですから」

そもそも虎鉄は私と二人でいる時、要さんのことを『とおと』と呼ぶことがあった。

もう強引に自分の父親にしているような、懐き具合だった。

「ねえ虎鉄。真面目なお話するよ？」

「あい！」

わかっていないだろうに、返事がよくて口元が緩む。

要さんは胸に手を当て、深呼吸をしている。私は一度要さんに目配せをしてから、
虎鉄に打ち明ける。

「あのね、虎鉄のお父さんはね、要さんなんだよ」

ぽかんとする虎鉄。要さんは、真剣な顔で虎鉄を観察するように見ている。

「かなめが、こてつの、とおとなの？」

「そう！　正真正銘、要さんが虎鉄の、とおとです！」

私は涙を拭いながら虎鉄にそう告げた。

ぼんやりしていた虎鉄の表情が、次第に笑顔になっていく。

「やったー！　かなめがとおと！」

太陽のような笑顔で、虎鉄が要さんに抱き着く。

「……俺、泣きそうです」

手で目を覆う要さん。その姿を見ていたら私もまた、涙ぐんでしまった。

「虎鉄くん……いや、虎鉄」

要さんは虎鉄の両肩に手を置き、涙目で見つめる。

「隠しててごめん。これからよろしくな」

「あい！」

虎鉄のいい返事は、いつも私たちを明るくさせてくれる。

「妃奈子も……傍にいてくれてありがとう。これからもずっと一緒にいてほしい」

「もちろんですよ」

要さんが腕を伸ばし、私の肩を引き寄せる。右手では虎鉄を抱きしめ、左手では私を。そして私も虎鉄を抱きしめ、三人で抱き合った。

「俺は……幸せ者だ」

「私もです」

「ぼくもー！」

三人で笑い合う。もう、何があっても離れたくない。

いつまでもこうしていたい。そう思っていたら、ふと『きゅうう……』と可愛い音が聞こえてきた。

「おなかへった〜」

虎鉄がお腹をさすっている。

「せっかくならルームサービスを頼もう。レストランへ行くよりも気楽だろう」

そうして家族となった私たちは、部屋で豪華な食事を堪能した。

その後、大きなソファで虎鉄を挟んで座り、子ども用の映画を観た。要さんの家と同じくらい広いバスルームでお風呂に入り、アイスを食べる。ずっと、虎鉄はおおはしゃぎだった。

だから興奮が冷めないうちは、まだまだ寝ないだろうなと思っていたら突然、要さんの膝の上にこてんと倒れ、眠ってしまった。虎鉄をそっと抱き上げ、ベッドルームに運ぶ。キングサイズのベッドにちょこんと眠っている姿が可愛い。四方に囲いがついているのは、要さんがわざわざホテルに言って、そうしてもらったのだろう。毎回彼の気遣いには驚かされる。

「虎鉄、寝ちゃいましたね」

「ああ。今日は俺が振り回してしまったから……」

「私もです。虎鉄には大変な思いをさせてしまいました。でも今日は夢みたいな日でした。ありがとうございます、要さん」

私の肩を抱き寄せた彼は、どこか不服そうな顔をしている。

「……夫婦なら、俺に対して口調を崩してくれてもいいのだが。俺もそうする」

不貞腐れている顔に、つい口元が緩む。

「ごめんなさい癖になっていて。それと……『要さん』でいいんですよね？」

名前をどう呼んだらいいか、というのは気がかりのひとつだった。

「妃奈子がよければそれで呼んでくれ。今の俺は壬生要だ」

「……うん。要さん」

要さんの言葉にほっとする。過去は高虎さんであっても、今は『壬生要』としか思えない。私は噛み締めるように、彼の名前を呼んだ。

「妃奈子」

「え？　あ……」

突然、肩を強く引き寄せられ、唇が重なった。ふれるだけのキスは深くなり、ハッとして要さんの身体を押し返した。

「虎鉄が……」

「ぐっすり寝てるよ」

要さんの言うとおり、虎鉄は寝息を立てて気持ちよさそうに寝ている。さすがに子どもが寝ている場所ではできない。でも、ベッドはこの部屋だけだ。

「もうひとつの俺の宝ものを、愛させてくれ」

要さんが私の顔中にキスの雨を降らせる。

「ちょっと……要さんっ」

「いやか？」

縋るような目をする。そんな顔をするのはずるい。

私も、要さんに愛されたいのだから。

ソファに移動して、押し倒された。ソファは大きく、充分余裕がある。覆いかぶさる要さんの顔に、手を伸ばした。

「傷……見せて」

私は要さんの額に手を当て、前髪を上げる。すると見覚えのある傷が出てきた。

「これは、高虎さんが私を守ってくれた時の、傷」

そっと撫でてみる。当然、傷は塞《ふさ》がっていて、ただ赤みを帯びた痕が残っているだけだ。

「昔の記憶は、断片的にしか思い出せないんだ」

「いいの。ただ、確かめたかっただけ」

高虎さんから要さんに繋がって、今がある。それだけの話。

「……嫉妬するんだよな」

「え？」

「高虎に」

記憶が少し戻ったことで、変わったことがあると気づいた。要さんの表情が少し豊かになった。高虎さんは表情豊かでわかりやすいくらいだった。一方で要さんはいつも落ち着いていて、表情がわかりづらい。そのちょうど中間になったみたいだ。

「自分なのに？」

「本当に。自分でも困る」

要さんの手が、私が身につけていたシルクの部屋着を脱がし、中の下着まで、すべてを取り払ってしまう。

要さんも上を脱ぐと、お腹にはまだ包帯が巻かれていた。

「……もう大丈夫なの？」

「ああ。痛みはない。めいっぱい妃奈子を愛してやれる」

「……そんなことは聞いてない」

恥ずかしくて、目をそらす。

要さんとこうやって抱き合うのは、あの時以来。クリスマスイヴに初めて身体を重ねてから、ふれていなかった。だから余計に緊張して身体が硬くなる。

要さんの手のひらが私の手のひらを撫でる。指を搦めとられ、ぎゅっと握る。大きな手は安心感があり、同時に胸が高鳴る。

熱い唇が何度も甘く重なりながら、肌が合わさる。久しぶりの要さんの体温に、うっとりとする。私は肌を丹念に隅々まで撫でられ、あっという間にほどかれていく。

ソファの上でくたりと身体をもたげ、要さんにされるがままになっていた。

中に入ってくる彼の熱に、背中がのけ反る。

「要さん……っ」

私が声を上げると、シーッと、指を唇に当てた。私は慌てて口をつぐむ。虎鉄はぐっすり寝ているだろうけれど、万が一ということがある。自分の手で口を押さえるけれど、揺さぶられるたびに自然と声が出そうになり、耐えるのが大変だ。

「……我慢してる妃奈子も、可愛いな」

鼓膜に囁かれ、ぞくりと身体が震える。要さんはこの状況を楽しんでいるようで、悔しくなる。

私は手を伸ばし、彼の前髪をかき分ける。そしてあの傷痕をまた、そっと撫でた。

「この傷については誰も知らなかった。妃奈子だけが知ってたんだな」

こくりと頷くと、私の手に要さんの手が重なった。

「これからは俺が二人を守る。……妃奈子、好きだ……愛してる……」

色気のある低音が、愛を囁く。

「私、も……要さん」

要さんは私の形を確かめるように肌にふれ、私を追い詰める。

私と要さんは間を埋めるように、何度も深く愛し合った。

第十章　確かな気持ち

二月に入り、初めて壬生組長のご自宅に伺った。

ごたごたが収まったタイミングで、私と要さんと虎鉄の三人で挨拶をしにきた。

壬生組長のご自宅は豪華な和風のお屋敷で、信じられないほどの大きさだ。

中へ案内され、戦々恐々として廊下を歩いていると、美しい庭が視界に入る。ちょうど、庭師が植木の剪定《せんてい》をしている最中だった。

立派な梅の木があり、ヒヤシンスの紫や水仙の白が庭を鮮やかに彩っている。奥には池まであり、赤と白の模様がきれいな鯉《こい》が何匹も見える。軋《きし》む廊下は趣《おもむき》があり、縁側から見えるお庭は絶景で、一枚の絵画のようだ。

一番奥にある壬生組長の部屋に呼ばれ、私たちはあらためて挨拶と自己紹介をし、今回のことについて壬生組長から話を聞いた。いつも賑やかな虎鉄も、今日ばかりはこの家の持つただならぬ雰囲気に圧倒され、いい子にして黙って座っている。

「金丸組と染谷組は解散。金丸は殺しでサツへ。染谷は処分……とまではいかなかった」

「どうしてですか」

要さんは首を傾げる。私には想像がつかないが、組同士のスパイとなったら相当重い処分になりそうなものだ。

「当初はどちらが先に抗争を仕掛けるかと、張りつめていた。桜坂一家の中には仁応会にまで乗り込もうとする奴らもいた。だが、私たち仁応会若頭候補と桜坂一家の会長さんとで、話をつけた」

壬生組長の目が、鋭く光る。

「こっちの被害は実質、染谷とカタギの要。対してあっちは金丸組三人。こちらのほうが被害は小さいが、こっちには金丸の悪事を炙《あぶ》り出した手柄がある。そこを突いたんだ。桜坂一家の幹部を殺した敵を見つけたんだからな」

「親父、さすがです……話だけで済ませるとは」

「あちらさんも、抗争はしたくないようでな。ただし染谷のしたことについては、仁応会にとっては許されないことだ。きちんと罪を償ってもらわねぇとな」

要さんは黙って頷いた。私にとっては別世界の話で、やっぱり彼らは極道の人たちなのだと実感する。

「染谷は、子の組織の新人として雇うことになった」

「……それは……けっこうなバツですね」

「そうだろう？」

壬生組長は豪快に笑う。

「そうそう。染谷んとこの亜里沙だが、相当謝っていたらしい」

「亜里沙さんが？」

なぜここで亜里沙さんの名前が出るのか、不思議に思った。私がぽかんとしたまま話を聞いていると、壬生組長が私を見た。

「要の件を親である染谷組長にリークしたのは、染谷亜里沙だったんだ」

「ええっ！」

初耳だ。

「どうにかして要と結婚するために、弱みを握る情報を、壬生組事務所にもぐりこみ、見つけたらしい」

彼女は要さんのことを本当に好きそうにしていたから、婚約を解消してもやっぱり諦められなかったのだろう。一途というか、執念がすごいというか……。

「これは私の失態だ。あの小娘を甘く見ていた」

「俺も……油断してました。染谷を探ろうとしていたんですが手遅れで、妃奈子が犠牲に……」

「要の過去の情報を手に入れた染谷が金丸に売り、娘すらも金のために裏切ったというわけだ」

聞けば聞くほど、染谷という男はろくでもない。

「亜里沙は自分の情報のせいで要が殺されそうになったと知って、焦ったんだろうな。連絡はいかなかったか」

「そういえば、何度も電話が入っていました。出てはいませんが」

「だろうな。染谷を通じて私のところに来た。泣きながら謝るんで、二度と要に関わるなと言っておいた」

「ありがとうございます」

二人から話を聞いて、ようやくすべてを理解した。私が要さんに出会っていなければ、要さんは亜里沙さんと結婚をしてすべては闇に葬られていたのだろうか。それでは、要さんの未来は明るいとは思えない。

「というわけで、一件落着だ。面倒かけたな」

壬生組長が音を立てて手を打ち、神妙な顔をして黙って座っていた虎鉄がびくんと震えた。

「妃奈子さんも、高虎の時から迷惑をかけていたと聞いた。本当に申し訳ない」

壬生組長が頭を下げる。こんなすごい人に頭を下げられ、慌てた。

「頭を上げてください。壬生組長さんは、高虎さんと要さんを生かしてくれたんですから。今となっては、感謝しています。ありがとうございます」

「俺も、助けてくれてありがとうございました。おかげで愛する人と出会えました」

「おいおいお前、恥ずかしいことを……」

要さんが真面目な顔でそんなことを言うので、壬生組長は照れて顔を覆っている。

「堅苦しい話はもういいじゃないか。それより……」

壬生組長の視線が、私と要さんの間にいる虎鉄に注がれる。

「ついに私にも初孫か……！」

にか、と笑う顔は先ほどまでの組長のそれとは違って、普通の中年の男性だ。おじいちゃんと呼ぶにはずいぶん若い。

「虎鉄。おじいちゃんだよ」

私は虎鉄の背中をぽんと優しく叩く。

「じいじ？」

「そう。要さんの、お父さんだよ」

「ん〜〜？」

虎鉄は首を左右に傾げながら考えるそぶりを見せたあと、壬生組長を指さした。

「こてつの、じいじ！」

「そうだぞ。じいじだぞ。こっちへ来い」

壬生組長がでれっとした顔になり両手を広げると、虎鉄は無邪気にその膝に乗り、抱き着いた。

「おお、愛くるしいなあ」

虎鉄は膝の上できゃっきゃとはしゃいでいる。頬ずりをされて、組長は大笑いだ。

「親父のあんな顔、初めて見ました」

要さんはうれしそうに二人を見ている。

「おお〜可愛いなあ〜」

「へへ！　じいじ！　じいじ！」

虎鉄がじいじと呼ぶだけで、組長は目尻を下げて喜んでいる。

「あのねあのね！　かなめはとおとで、ブラックなんだよ！」

「ほう、ブラック……？」

「うん！　それでね、トラみたの！　こわいのに、ぼくはこわくなかったんだよ！」

虎鉄の支離滅裂な話を、組長は楽しそうに聞いてくれている。

「これがね、ぼくなの！　それでね、かあかはうさぎで、かなめは、おおかみなの！」

きゃはは、と笑いながら虎鉄は動物園で買ったマスコットを自慢げに見せる。さすがの組長も首を傾げているが、二人はさっそく仲良くなったみたいだ。

虎鉄の人見知りをしない性質は本当にすごい。このまま、まっすぐ育ってほしい。

「しかし孫の顔を見られるのも、これで最初で最後か……」

そう言って虎鉄を膝から下ろすと表情が変わり、壬生組長は急に寂しそうに目を伏せた。

「親父、どういうことですか」

壬生組長の様子に、要さんが表情を硬くさせる。

「要とは縁を切ることにした」

「……え？」

一気に張りつめた空気になった。

「今回、カタギである妃奈子さんにまで命に関わる迷惑をかけた。このまま要との関係を続けていたら、また同じことが起きるかもしれないだろう。それなら今のうちに要と縁を切り、連絡を絶つことが最善だ」

「それは、そうかもしれませんが……」

要さんの声が沈んでいく。隣で見ている私は気が気ではない。

「要、今まで過去を隠していて悪かった。これからはもっと好きに生きてくれ。これは親父からの、最後の頼みだ」

しばらくの間、沈黙が流れる。要さんはうつむき、膝の上に置いている手をぎゅっと握った。

「……親父の、頼みなら……」

組長の提案に、納得していないことが嫌でも伝わってくる。壬生組長だって、寂しそうな顔をしている。絶対に本心ではないはずだ。

私は畳に手をついて、頭を下げた。

「壬生組長さん、お願いします。縁を切るなんて言わないでください」

「……妃奈子……」

要さんのつらそうな声が聞こえてくる。

「私も最初は高虎さんとの過去のこともあって、もう極道関係者とは関わらないほうがいいんじゃないかと、迷っていました。でもそれは、極道だから嫌ということではなくて、ただ心配なんです。要さんが、高虎さんのようにいなくなってしまったらどうしようって……」

今だって怖いし不安はある。でも、要さんから離れたいとは思わない。

「正直な話、父親が極道というのは虎鉄の教育によくないと思っています。いくら愛があっても、世間は許さない。……でも今、要さんは立派な会社の社長です。極道のお仕事に関わらないなら、縁を切るまではしなくてもいいんじゃないでしょうか」

自分の気持ちよりも、大事にしなければいけないのは虎鉄のことだ。将来、極道関係者だと知られて、虎鉄が生きづらいと感じることがなければいい。

「それに要さんのお父さんは壬生組長、あなただけなんです」

その言葉に、壬生組長がぴくりと反応した。

極道の事情はわからない。でも、私を巻き込まないために別れを切り出した要さんのように、組長も同じ気持ちなら、踏みとどまってほしいと願う。

「要さんから、大切な父親を奪わないでください。お願いします」

私はさらに深く頭を下げる。室内は静まり返っている。余計なことをしているのかもしれない。でも、親がいなくて、金丸からも裏切られた彼から、壬生組長まで奪いたくはなかった。

「ぼくも！　おねがいします！」

虎鉄も私の真似をして、畳に手をついた。本当に意味がわかっているかは不明だけど、虎鉄の無邪気さが、私を救う。

「だが……」

壬生組長が難色を示すと、大きな手が畳を叩くのが、見えた。

「……申し訳ありません。親父の頼みを、今回ばかりは聞けそうにありません」

要さんも頭を下げる。

「瀕死の俺を救って、新しい人生をくれた親父に感謝しています。縁を切るなんて、言わないでください」

要さんの悲痛な声に胸が締め付けられる。私も、要さんの気持ちが伝わってほしいと頭を下げ続けた。

「……ああ参った。私としたことが泣けてくるな」

しばらくして、鼻をすする音が聞こえてきた。

顔を上げると、壬生組長は要さんに見られないよう、さっと目元を拭っていた。

「わかった。これからもよろしく頼む。だが要たちはカタギだ。俺からこちらの世界に巻き込むことはない。一線は引く。仕事が欲しいといっても、やらないからな」

冷たいようで、私たちのことを思った優しい言葉に緊張が緩む。

「……はい。ありがとうございます」

「ありがとうございます。お義父さん！」

私はあまりのうれしさに思わずそう呼んでいた。要さんも壬生組長も同じような顔で目をまるくする。血は繋がっていなくてもしっかり父と子だ。

「なんだ、可愛い娘までできたか」

壬生組長の目尻が下がる。私にはろくでもない父しかいなかった。だから私も、自分に父ができたような感覚でうれしかった。

「ねえ、要さん。順子さんはお義母さんになるの？」

「まあ、たしかに……。親父、どうなんですか？」

要さんが壬生組長に問いかける。

「おいおい、それはちょっと……」

壬生組長は困った表情を浮かべている。組長と順子さんが恋仲だということは知っている。でも、夫婦なのかはよくわからなかった。

「……内縁の妻らしい」

要さんがこそっと教えてくれて、私は頷いた。

「なるほど」

「順子さんは乗り気なのに、親父が自分の立場を考えて足踏みをしているって聞いたことがある」

「こら、それは誰が言ってたんだ！」

「もちろん中津先生です」

「あいつは……」

壬生組長は顔を赤くし、頭を抱えている。三人の仲のよさが窺えて、笑ってしまった。虎鉄も、私たちの顔を見て笑った。

和やかな雰囲気のまま屋敷を出る。悩みがなくなったような、すっきりした感覚だ。

要さんと組長が離れることにならなくて本当によかった。

屋敷の門を出たところで、黒塗りの高級車が停まっていた。窓はスモークがかっていて、中が見えない。

「……っ、誰だ？」

要さんが私たちを守るように立ち、車を警戒している。今回の騒動はすべて解決したはずなのに。ぞっとして、私も虎鉄をぎゅっと抱きしめた。運転席のドアが開き、緊張感が高まる。

「……中津先生」

よく知っている顔で、ほっと胸を撫で下ろす。

「たまたま通ったら、お前たちが見えたものでな」

中津先生の格好はいつもの医者スタイルではなく、メガネもない全身黒い服だ。普段着なのだろうか。車にもたれかかり、腕を組んでいる。胸ポケットから煙草を取り出すも、ぽかんとしている虎鉄の顔を見て、またそれをポケットに仕舞った。

「……要に会うのも、これで最後か」

中津先生がしんみりとした声で言う。

「いいえ。妃奈子のおかげで、そうはなりませんでしたよ」

「……なんだと？」

中津先生が目を見張り、私を見る。

「はい。説得しちゃいました」

「……ふ、そうか」

驚いた顔をしていた中津先生の表情がゆっくり変わり、微笑んだ。初めて、笑ったところを見た。私はしばらく茫然として中津先生を見てしまっていた。

「さっき中津先生の話になりました。もしかしたら、組長から怒られるかもしれません」

「いったいどういう話を……まあいい」

一瞬眉間に皺を寄せるも、またすぐ興味をなくしたように真顔に戻る。

「先生、わざわざ様子を見にきてくれたんですね」

「まさか。たまたまだ」

中津先生が小さく息を吐く。本心はどうかはわからないけれど、付き合いのある要さんは理解していそうだ。

「では、また」

「……はい。ありがとうございました」

それだけ会話をすると中津先生は車に乗り込み、発進させる。遠のく車を三人で眺めた。

「中津先生、見守ってくれてるんですね」

「はい。本当にわかりづらい人です」

要さんはうれしそうに笑った。

それから、三人で帰り道を歩いた。

いつもなら車だけど、もしかすると今日は酒を飲むかもしれないと、電車で向かったからだ。組長は要さんが下戸だと知っているけれど、いつも少しくらいいいだろうと言って飲ませたがるらしい。

誰もいない家までの道を、虎鉄を真ん中にして三人で手を繋ぐ。

「よかったね、要さん」

「ああ。妃奈子たちのおかげだ」

時々腕を持ち上げたりすると、虎鉄がきゃっきゃと笑う。反応がおもしろくて、何度もそうやって遊んでいた。

「妃奈子。もう一度、最後に確認をしていいか？」

「何を？」

要さんが足を止めたので、私も立ち止まる。

「俺は極道の仕事はしない。……でも、また前みたいなことが、百パーセントないとは言い切れない。それでも、妃奈子は傍にいてくれるか？」

要さんはまだ心配そうに私を見ている。でも私の答えは決まりきっている。

「当たり前でしょう！」

迷うことなく即答する。要さんは目を見張った。

「私は何があっても、要さんの隣にいますから。覚悟してくださいね！」

今回の一件で、離れることがどれほどつらいものなのかわかった。好きなのに、離れる理由はもうない。

「安心した。……俺も妃奈子と虎鉄を、一生をかけて幸せにすると誓うよ」

要さんは慈愛の込められた優しい表情で、私の目を見る。

「……はい。三人で一緒に幸せになりましょうね」

私は虎鉄の手をぎゅっと握った。きっと要さんもそうしているだろう。私たちを見上げる虎鉄は、さらにその先に目を凝らした。

「あーゆきー！」

虎鉄が空を指さす。見上げると、小さな白い粒がはらはらと落ちてきていた。まだ気づかないほどの、小さな粒。

「本当だ。雪……」

手のひらを向け、落ちてくる雪を受け止める。それはすぐに、じゅわりと解けて消えていった。

冬が来るたび、雪が降るたび、高虎さんの最期を思い出しては、つらく苦しかった。

でも、もう大丈夫。

これからは冬が来るたびに、要さんと虎鉄と、三人で思い出を作っていこう。私たちの未来は、まだまだ長い。

エピローグ

桜が舞い、すっかり気候が暖かくなり過ごしやすい時期がきた。

春は、高虎さんに出会った季節だ。

私は公園で一人、ぼうっとしていた。日曜日の公園は、子どもたちが多く走り回っている。両親と遊んでいたり、お弁当を食べていたりと微笑ましい。

子どもの頃の記憶を無理やり引き出そうとしても、あまり思い出せない。いつもお酒くさい父親と、悲しそうにしている母親。家族で外に出かけることはほとんどなく、一人で公園に遊びにいっていた。だから虎鉄と初めて公園に遊びに出かけた時は、感動したのをよく覚えている。

喉が渇いてきたので、自販機でカフェオレを買った。温かいのか冷たいのか悩んで、温かいほうにした。桜や子どもたちを眺めながらそれを飲む。

一人の時間は穏やかだ。

いろんなところに目を配らなくてもいいし、突然走りだす必要性もない。ただぼうっとしていているだけでいい。……でも、退屈だ。

時計を確認すると、そろそろいい時間。

やることもなくなり、私は家に帰ることにした。

セキュリティを通り、広いエントランスで受付に挨拶をして、エレベーターに乗り込む。ぐんぐん上がるエレベーターは途中で必ず耳が詰まる。

家の前に到着すると、言われたとおりインターホンを押した。バタバタと音が聞こえるのを耳にしながら鍵を開け、中に入る。奥まで進むように言われ、リビングのドアが反対側から開いた。

「妃奈子。お誕生日、おめでとう！」

「かあか、おめでとー！」

要さんと虎鉄が、私に紙吹雪を振りまく。虎鉄が私のお腹あたりにしかまけなくて不満を漏らすと、要さんが虎鉄を持ち上げ、私の頭にたっぷりと振りかけた。

「……二人とも、ありがとう」

今日は私の誕生日だ。

要さんと虎鉄に家を追い出され、時間を潰してきてほしいと言われた。特に行きたい場所もなく、公園でぼうっとしていたら時間が過ぎた。一人だけの自由な時間。でも、やっぱり寂しさや物足りなさがあった。家に帰ってくると、心がやすらぐ。

あれから、私たちは一緒に住むようになった。思い出はあるけれど古くて狭かったアパートを出て、要さんのマンションに転がり込んだ。保育園が少し遠くなってしまったので転園を考えたけれど、毎朝要さんが車で送ってくれることになった。毎日高級マンションに帰るという不慣れな生活も、徐々に慣れてきたところだ。

「かあか、はやくはやくー！」

虎鉄に手を掴まれ、案内される。

リビングの中央にある大きなローテーブルには、ご馳走がずらりと並んでいた。ホールケーキまである。

「このご馳走、どうしたの？」

「つくったよ！」

虎鉄が胸を張り、自信満々に答えた。

「え⁉　虎鉄が⁉」

「ああ。手伝ってもらった。俺たちも腕を上げただろう」

「……すごい……！」

一緒に住むようになって、要さんは料理をするようになった。最初は私の手伝い程度だったのに、みるみるうちに上達し、今では私よりも上手なのではないかと思うく

いた。

虎鉄もただ遊んでいるだけではなく、積極的に手伝ってくれるようになっていた。

要さんは相変わらず仕事が忙しく、夜遅い日もある。けれど休日には必ず虎鉄と遊んでくれるし、家事も率先してやってくれている。おかげで私も、仕事を辞めずに済んだ。以前のようにお金に困るということはないのだけれど、長年勤めている会社には、恩を返すためにも働き続けたいと思っている。

「さっそく食べようか」

要さんがお皿や飲み物、すべてを運んでくれる。私が席を立とうとすると、虎鉄に止められるのだ。

ケーキにローソクが立てられ、二人の歌声とともに、火を吹き消す。

「おめでとー！」

虎鉄が小さな手をぱちぱちと叩く。こんなことをしてもらったのは、いつ振りだろう。そもそも、子どもの頃までさかのぼっても、記憶にない。

さっそく食べはじめると料理はどれもおいしくて、さらに感動した。春の食材を使った、色とりどりのメニュー。

春キャベツを使ったロールキャベツに、新玉ねぎのシャキシャキサラダ。ベーコンとアスパラのパスタ、ポテトグラタン。日頃から私が作るのは、基本的に和食だ。対して、要さんは洋食が多い。お互いの苦手分野を補っている。ケーキはさすがに買ってきたものらしいけれど、いつか手作りをしてきそうな気がして、少し怖い。

取り分けてもらったポテトグラタンを口にして、頬を手で包む。

「おいしい……幸せな誕生日だよ。ありがとう」

私は今日で、三十一歳になる。母親として、うまくやれているかずっと不安だったけれど、二人にこうやってお祝いしてもらえると、なんだか自信が持ててくる。

そうして愛情たっぷりの料理を存分に堪能したのち、ケーキを食べようということになった。よくよく見てみると、ケーキ自体はとてもきれいなのにトッピングだけが乱れ、イチゴがあちこちにちりばめられている。

「これこれ！　こてつが、おいたんだよ！」

虎鉄がケーキの上のイチゴを指さし、要さんが満足げに頷いている。

「そうなんだ！　すごいねえ。ありがとうね、虎鉄」

「うん！」

不揃いに置かれているイチゴが愛おしい。満足するまでさまざまな角度から何度も写真を撮ってから、ケーキを切り分けてもらった。

「うわぁ～おいちー！」

虎鉄がほっぺを両手で包む。

「本当だね。二人とも本当にありがとう」

そういえば、今日の虎鉄はやけにテンションが高い。イベントごとだからかと思っていたが、ケーキを食べていてもずっとそわそわして落ち着かない。なぜだろうと不思議に思っていると、まだ口の中にケーキがあるのに立ち上がった虎鉄が、一枚の画用紙を手渡してきた。

「じゃじゃーん！」

受け取ると、それはクレヨンで描かれた絵だった。そわそわしていたのは、はやくこれを渡したかったからだろう。

「うわあ、上手だねえ！」

まだまだ不安定な線。でも、すごくカラフルで元気が出るし、人が描いてあることはわかる。しかも三人。私と要さんと虎鉄だということは、明白だ。上部には「おたんじょうびおめでとう」と不器用な文字が書かれている。虎鉄はまだ字が書けないから、きっと要さんに習って一文字ずつ一生懸命、真似したのだろう。

「私たちだ。虎鉄、ありがとうね」

「うん！」

虎鉄は満足そうに笑う。私は虎鉄の絵をうっとりと眺める。これは絶対、額縁に入れて飾ろう。

「妃奈子。俺も……これ」

虎鉄だけではなく、要さんも私にプレゼントを用意してくれていたみたいだ。

彼が取り出したのは、リングケース。中を開くとダイヤの指輪が輝いていた。

「……これ……」

面食らって要さんを見る。すると彼は真剣な顔をして、少し緊張していた。

「……妃奈子、あらためて、俺と結婚してくれ」

もうすっかり結婚をする気でいた。プロポーズに似た言葉はたくさんもらってきていたから、こうやって正式にされるとは思っていなかった。感動で、視界が滲んでいく。私は今の気持ちを言葉にできず、こくこくと頷くだけだった。

「返事が聞きたい」

私は胸のあたりを押さえ、息を呑む。

「……はい！　こちらこそ、よろしくお願いします！」

泣きながら頷いた。

「……よかった」

要さんがほっと息を吐くと、虎鉄に目配せをした。ハッとした虎鉄は走って隣の部屋へ行き、すぐに戻ってきた。

その小さな手には、バラの花束。赤とピンクが混ざっていて華やかだ。バラのいい香りが鼻腔《びこう》をくすぐる。

「これも！」

「ありがとう。虎鉄」

虎鉄から花束を受け取った要さんは、そのまま私に渡してくれる。瞬間、高虎さんが重なって見えた気がした。

気品のある甘い香りが漂うバラの花束を受け取る。

「……要さん、ありがとう。虎鉄も、ありがとうね」

さらに涙が溢れていく。こんなに幸せなことはない。花束を持ったまま要さんに抱きしめられた。私も片手を要さんに回す。逞しく、温かい身体。

「こてつも～！」

「ああ、もちろん」

要さんが虎鉄を抱き上げて間に挟み、ぎゅうっと抱き合う。バラの花がくすぐったいのか、楽しそうに声を上げて笑う虎鉄が可愛くて、頬にキスをした。

「ひゃぁ！」

顔を赤くしてはにかむ虎鉄の額に、要さんも唇を落とす。そして虎鉄が見ていないうちに、私の唇にもキスをした。

「……愛してる」

何度も囁いてくれた愛の言葉。

愛情を惜しげもなくくれる要さんと、私たちは正真正銘の家族になった。


〈END〉

あとがき

こんにちは、春密まつりです。『秘密を抱えた敏腕社長は、亡き極道の子を守る彼女をまるごと愛し尽くす』をお手にとっていただき、誠にありがとうございます。マーマレード文庫様では三冊目になります。

今回、念願の極道ものを書かせていただけて、とってもしあわせです。純粋な極道ものとは少し違うテイストになりましたが、お楽しみいただけていたらこれほどうれしいことはありません。

素晴らしいイラストはうすくち先生です。きれいで可愛い妃奈子ととんでもなくかっこいい要、そして愛らしい虎鉄を見た時は感動しました。本当にありがとうございました！　また、ご担当者様、本作出版に際しご協力くださった皆様に感謝申し上げます。

最後に、お手にとってくださった皆様、ここまで目を通していただき本当にありがとうございます。別のお話でお会いできることを祈って。

春密まつり

マーマレード文庫

秘密を抱えた敏腕社長は、亡き極道の子を守る彼女をまるごと愛し尽くす

2025年1月15日　第1刷発行　定価はカバーに表示してあります

著者　春密まつり　©MATSURI HARUMITSU 2025
発行人　鈴木幸辰
発行所　株式会社ハーパーコリンズ・ジャパン
東京都千代田区大手町1-5-1
電話　04-2951-2000（注文）
0570-008091（読者サービス係）
印刷・製本　中央精版印刷株式会社

Printed in Japan ©K.K. HarperCollins Japan 2025
ISBN-978-4-596-72215-7

m a r m a l a d e b u n k o